Barbara Piebel

Two Suns

Zweite Chance der Menschheit

novum pro

www.novumverlag.com

Bibliografische Information
der Deutschen Nationalbibliothek:

Die Deutsche Nationalbibliothek
verzeichnet diese Publikation in
der Deutschen Nationalbibliografie.
Detaillierte bibliografische Daten
sind im Internet über
http://www.d-nb.de abrufbar.

Alle Rechte der Verbreitung,
auch durch Film, Funk und Fernsehen,
fotomechanische Wiedergabe,
Tonträger, elektronische Datenträger
und auszugsweisen Nachdruck,
sind vorbehalten.

© 2016 novum Verlag

ISBN 978-3-99048-639-9
Lektorat: Tobias Keil
Umschlagfoto:
Ig0rzh | Dreamstime.com
Umschlaggestaltung, Layout & Satz:
novum Verlag

Gedruckt in der Europäischen Union
auf umweltfreundlichem, chlor- und
säurefrei gebleichtem Papier.

www.novumverlag.com

Inhaltsverzeichnis

1. Kapitel 7

2. Kapitel 27

3. Kapitel 57

4. Kapitel 101

5. Kapitel 115

6. Kapitel 119

7. Kapitel 123

8. Kapitel 131

9. Kapitel 143

1. Kapitel

Außerirdische! Dabei denken alle an kleine grüne Männchen oder an fliegende Untertassen! Was aber wäre, wenn sich Außerirdische äußerlich von uns Menschen nicht unterscheiden würden? Wäre es verwunderlich, wenn sie bereits unerkannt unter uns leben würden?

Endlich Urlaub am blauen Meer. Josefine Barkley freute sich schon sehr lange auf diesen Urlaub, da dieser der erste war, der ohne ihre Eltern stattfinden sollte. Die 22-Jährige fühlte sich beim Gedanken daran das erste Mal erwachsen. Als sie vor einigen Monaten auch noch einen schweren Reitunfall hatte, schien der Traum wie eine Seifenblase zu platzen. Doch nun war sie wieder sprichwörtlich auf den Beinen. Im Moment sogar auf „vier", denn sie musste noch auf Krücken laufen, doch davon ließ sie sich nicht abhalten, außerdem sollte das Meerwasser sich positiv auf ihre Verletzung auswirken. Endlich war der Tag der Abreise gekommen und Joe bestieg mit ihrer Freundin Linda den Bus. Ohne ihre Freundin wäre sie hilflos gewesen, denn sie half ihr bei allem, was nötig war. Die Reise sollte acht Stunden dauern, aber schon nach einer Stunde schien Joe die Zeit endlos, sie war aufgeregt wie ein kleines Kind. Irgendwie war es für Joe ja wie Weihnachten, nur dass sie sich selbst mit dieser Reise beschenkte und auch Linda war ein Geschenk, ein Geschenk des Himmels. Diese Reise sollte für Joe noch schicksalhaft werden, vielleicht ahnte sie das bereits unbewusst und freute sich deshalb besonders auf diese Reise, oder lag es einfach daran, dass sie fast nicht stattgefunden hätte? Nach endlosen sechs Stunden erblickte Joe das erste Mal vom Bus aus das Meer, während ihre

Freundin neben ihr döste. Der Blick war atemberaubend; da schlechtes Wetter herrschte, war das Wasser sehr unruhig und die Wellen brachen sich an den steil ansteigenden Klippen. Joe weckte Linda, und als sie dieses Schauspiel zu Gesicht bekam, war sie auch der Meinung, dass dies wirklich ein Anblick war, den man nicht so schnell vergaß.

Joe wäre am liebsten aus dem Bus gestiegen und hätte gerne noch eine Weile die Wellen beobachtet. Doch der Bus blieb nicht stehen und zu ihrer Enttäuschung führte die Straße wieder ins Landesinnere zurück, sodass sie das Meer aus den Augen verlor. So wunderschön das aufgebrauste Meer auch war, trotz allem hofften sie auf besseres Wetter an ihrem Zielort. Denn wie alle Urlauber wollten auch sie die Sonne genießen und im warmen Meer baden. Doch leider wurden sie enttäuscht und das Wetter war auch am Ziel nicht gerade einladend. Aber der Urlaub hatte ja gerade erst angefangen. Es würde hoffentlich nicht die ganze Woche so bleiben. Im Hotel angekommen, gingen die beiden erst einmal auf ihr Zimmer, um ihre Kleidung auszupacken. Ein netter Hotelangestellter half den beiden mit ihren Koffern. Als sie alles ausgepackt hatten, entschlossen sie sich ein Ersatz-Programm zu starten. Da das Hotel alles, was das Herz begehrt, zu bieten hatte wie: eine Bar, ein Café, ein Hallenbad, ein Restaurant, einen Souvenir-Laden und sogar einen botanischen Garten, entschieden sie sich schließlich zu einem Cappuccino im Kaffeehaus. Denn schließlich sagt man, dass es die Italiener am besten verstehen einen guten Cappuccino zu „zaubern". Kaum im Café angekommen fiel Joe ein hübscher junger Mann auf, der auch im Café saß. Joe hatte Mühe ihren Blick wieder von ihm abzuwenden, weil er in ihren Augen ein Traum von einem Mann war! Er war mittelgroß, hatte dunkelblonde Haare und wunderschöne Augen. Ihr Blick blieb nicht unbemerkt, der junge Mann schien ihren Blick gespürt zu haben, denn plötzlich sah er von seiner Zeitung, die er gerade las, auf und lächelte Joe an. Joe wurde ganz verlegen und beeilte sich aus seiner Nähe zu kommen. Die beiden Damen steuerten den nächstgelegenen freien Tisch an. Als Joe sich gerade bemühte sich auf ihren Stuhl zu setzen, stand plötzlich der junge Mann von vorhin hinter ihr und war ihr behilflich; das machte Joe noch verlegener, da sie das Gefühl hatte sich so blöd angestellt zu haben, dass er sich veranlasst sah ihr zu helfen. Außerdem ließ sie sich nicht gerne helfen, sie machte alles, was ging, selbst, auch Linda hätte ihr gern das eine oder andere Mal geholfen, aber Joe war in dieser Hinsicht stur, sie ließ sich nur dann unterstützen, wenn es nicht anders ging. Sie musste erst an ihre Grenzen stoßen. Doch durch ihre Krücken war sie ja zurzeit ziemlich eingeschränkt, aber das gestand sie sich nun mal nicht gerne ein. Dieses Mal aber ließ sie sich helfen und verkniff sich auch jeglichen Kommentar, lediglich ein „Dankeschön" kam über ihre Lippen und zu ihrer Überraschung bekam sie sogar ein „Gern geschehen" auf Deutsch zurück. Dann war der unbekannte Fremde wieder verschwunden, er saß auch nicht mehr auf seinem Platz wie vorhin, anscheinend hatte er das Café bereits verlassen. Linda wollte gerade einen Kommentar abgeben, aber Joe blickte sie nur an und gab ihr zu verstehen, dass sie das lieber lassen sollte, denn Joe war das Ganze peinlich, da sie immer noch glaubte, sie habe sich so ungeschickt angestellt. Als die beiden ausgetrunken hatten, bezahlten sie und verließen das Café. Es war schon später Nachmittag und die Sonne stand ziemlich tief. Und da sich das Wetter inzwischen schon gebessert hatte, entschlossen sich die beiden zu einem Strandspaziergang. Da es oberhalb des Strandes befestigte Gehwege gab, hatte auch Joe kein Problem mit ihren Krücken. Sie spazierten eine Weile den Strand entlang, und als die Sonne am tiefsten stand und sozusagen das Meer berührte, blieben die beiden eine Weile stehen, um das Naturschauspiel zu beobachten. Da der Regen erst kurz zuvor aufgehört hatte, waren noch viele Wolken zu sehen. Die untergehende Sonne tauchte sie in den unterschiedlichsten Rottönen und die beiden Freundinnen standen bewundernd da und waren so vertieft, dass sie gar nicht bemerkten, dass sie nicht mehr alleine waren. Erst als sich jemand bemerkbar machte, merkten sie, dass sie nicht mehr alleine waren. „Zwei wunderschöne junge Damen und ein wunderschöner Sonnenuntergang, so sieht man sich wieder." Die beiden erschraken förmlich, da sie in ihren Gedanken so vertieft gewesen waren. Es war der junge Mann aus dem Kaffeehaus, der plötzlich hinter ihnen stand. Er entschuldigte sich bei den beiden, da es nicht seine Absicht gewesen war sie so zu erschrecken. Danach meinte er, dass es jetzt sehr schnell dunkel werden würde, und dass er ihnen empfehle wieder ins Hotel zurückzukehren, außerdem bot er seine Begleitung an. Die beiden waren einverstanden, denn die Sonne war bereits im Meer „versunken" und es wurde wirklich sehr schnell dunkel. Gegen seinen Vorschlag sie zu begleiten hatten sie nichts einzuwenden. Auf dem Rückweg zum Hotel stellte sich der junge Mann vor: „Mein Name ist David und ich bin zurzeit geschäftlich hier. „Aber wenn es meine Zeit erlaubt, würde ich mir gerne die Gegend ansehen, es ist ein so wunderbares Fleckchen Erde. Ich hoffe, es gefällt euch auch hier so gut wie mir."

Die beiden Freundinnen stimmten David zu. Die Natur bot die schönsten Bilder. Joe dachte, ein Mensch, der so über die Natur denkt, kann kein schlechter Mensch sein. Als die drei dann das Hotel erreichten, verabschiedeten sie sich, obwohl David die beiden noch gerne in die Hotelbar eingeladen hätte. Aber Joe musste leider dankend ablehnen. Ihr Knie machte wieder Probleme und deshalb wollte sie sich gleich nach dem Abendessen hinlegen. Linda hingegen wollte Joe nicht gleich am ersten Abend alleine lassen, obwohl Joe nichts dagegen einzuwenden gehabt hätte. Aber sie meinten, wenn er wolle, könnten sie sich am nächsten Tag treffen. Leider hatte David erst am Abend Zeit. Als sich die drei getrennt hatten, und die beiden Freundinnen auf ihrem Zimmer waren, wurde noch so lange über das Thema David geredet, bis ihnen schließlich die Augen zufielen. Doch David begleitete Joe sogar noch in ihren Träumen. Sie träumte von einem weißen Pferd, auf einer wunderschönen utopisch wirkenden Lichtung, auf der sich auch ein kleiner See befand.

Außerdem träumte sie von einem Kuss von David und auch von zwei süßen kleinen Babys. Der Traum hatte aber keinen Zusammenhang wie die meisten Träume. Sie erwachte ziemlich verwirrt, ein zärtlicher Kuss von einem so wundervollen Mann, das konnte ja nur ein Traum sein, aber die beiden Babys?

Auf das Pferd konnte sie sich ja einen Reim machen, denn sie hatte schon immer davon geträumt am Strand entlangzureiten. Aber die Babys? Ja gut, sie hatte schon immer den Wunsch verspürt eines Tages Mutter zu werden, aber warum träumte sie jetzt davon? Im Urlaub! Sie beschloss diesen Traum so schnell wie möglich zu vergessen und ihren Urlaub zu genießen, denn wenn sie Linda davon erzählen würde, so würde sie diese nur auslachen und sagen, sie habe sich ihn David verliebt.

Am kommenden Tag hatten sie herrliches Strandwetter. Also beschlossen die beiden, das auch auszunützen. Gegen Abend erst verließen sie den Strand, und als sie ihr Abendessen eingenommen hatten, gingen sie auf ihr Zimmer, um sich für den kommenden Abend herzurichten. Gegen 8 Uhr abends trafen sie sich dann mit David. Es wurde ein wunderschöner Abend und David verstand es die beiden Freundinnen zu unterhalten. Auch verstand er es geschickt Fragen über seine Herkunft auszuweichen. Es wurde sehr spät an diesem Abend und war bereits weit nach Mitternacht, als die beiden sich von David verabschiedeten.

Den nächsten Tag begannen die beiden erst gegen Mittag, aber es war ja schließlich ihr Urlaub und da musste man ja nicht auf die Uhr schauen. Den Nachmittag verbrachten sie am Strand und auch David fand Zeit den beiden Gesellschaft zu leisten. Es wurde ein sehr lustiger Abend, die drei verstanden sich so gut, als ob sie sich schon ewig kennen würden. Die beiden Freundinnen merkten gar nicht, dass David immer wieder Fragen über ihre Zukunftspläne und über ihre heimlichen Träume stellte. Auch, dass sie ihm bereitwillig Auskunft darüber gaben, war ihnen nicht bewusst. Irgendetwas Vertrauenswürdiges ging von David aus, etwas, das sich die beiden gar nicht erklären konnten, denn normalerweise wären sie einem Fremden gegenüber nicht so aufgeschlossen gewesen. Der Nachmittag verging schnell, viel zu schnell. Sie hätte gerne noch etwas Zeit mit ihm verbracht.

„Was soll das?", sagte sich Joe. Sie träumte schon wieder von etwas, was sie nicht sollte, nämlich von David, sie war schon wieder auf dem besten Wege sich zu verlieben. Aber das durfte sie nicht, sie würde nur wieder enttäuscht werden. Sie wurde immer von Männern enttäuscht, selbst ihr letzter Freund, der ihr einen Antrag gemacht und sie sich daraufhin Bedenkzeit erbeten hatte, meldete er sich nicht mehr bei ihr. Und zwei Tage später, als sie sich zufällig begegneten, tat er so, als ob er sie gar nicht kannte. Ja, nicht einmal einen Gruß hatte er für sie übriggehabt. Das hatte Joe zutiefst verletzt, denn wenn Joe liebte, dann mit vollem Herzen. An dieser Zurückweisung hatte sie immer noch schwer zu kämpfen, obwohl inzwischen schon zwei Jahre vergangen waren. Deshalb verbot sie sich, sich wieder zu verlieben und schon gar nicht im Urlaub in jemanden, den sie danach nie wiedersehen würde. Neue Liebe ist nur neuer Schmerz, versuchte sie sich einzureden, außerdem hatte er noch gar nicht versucht ihr näher zu kommen, wahrscheinlich war er sowieso nur an Linda interessiert. Andererseits hatte er auch noch nicht versucht Linda näher zu kommen, was eigentlich nicht gerade der Typ Mann war, den sie kannte. Aber Schluss mit dem Philosophieren und den Tagträumen, sie war im Urlaub und sollte sich amüsieren und nicht über die Zukunft nachdenken oder sich den Kopf zu zerbrechen über warum und wieso und möglicherweise. Am nächsten Tag wollte David mit den beiden einen Ausflug machen und sie nahmen diesen Vorschlag dankend an. David entpuppte sich als perfekter Fremdenführer, er zeigte ihnen alte Ruinen, tolle Gebäude und auch eine alte Kirche mit einem alten Brunnen, der Wünsche erfüllen sollte. Jeder der drei nahm nun eine Münze in die Hand und warf sie in den Brunnen. Linda wünschte sich eine Karriere als Kriminalpolizistin, David hingegen wollte, dass seine Pläne in puncto seiner Mission, die mit den beiden Freundinnen zu tun hatte, zum Erfolg wurden und Joe wünschte sich irgendwann mal eine Familie zu haben mit einem liebenden Ehemann.

Als ob es ein Zeichen war, kam im selben Moment ein frisch vermähltes Brautpaar aus der Kirche. Als die Braut den Strauß warf, was anscheinend auch hier Tradition war, hätte sie sich am liebsten zur Hochzeitsgesellschaft gesellt und versucht ihn zu fangen. Aber das ging leider nicht. Aber wie durch ein Wunder flog der Strauß direkt vor ihre Füße, obwohl sie einige Meter von der Hochzeitsgesellschaft entfernt stand. Joe hob ihn auf und brachte ihn der Braut zurück, schließlich gehörte sie nicht zur Hochzeitsgesellschaft und deswegen stand ihr der gefangene Brautstrauß auch nicht zu. Doch als sie ihn der Braut zurückgeben wollte, lachte diese und deutete, sie solle ihn behalten. Joe bedankte sich und die Braut sagte noch etwas, was sie nicht verstand, da sie kein Italienisch sprach. Linda meinte, das müsse einfach Schicksal sein, denn wieso landete er gerade vor Joes Füßen, obwohl sie ein schönes Stück weit von der Hochzeitsgesellschaft entfernt stand? Joe hingegen sagte, dass die Braut einfach einen kräftigen Wurf hatte. David hingegen verstand das Ganze nicht, da er das Ritual nicht kannte. Also wurde er kurzerhand aufgeklärt, dass dies ein alter Brauch sei und es hieß, dass derjenige, der den Strauß fing, angeblich der Nächste sei, der heiraten werde. Da lächelte David und meinte, dass das ein schöner Brauch sei, und fragte, ob alle, die ihn fangen, danach heiraten? „Nein", antwortete Linda, „das ist nur ein alter Aberglaube." Joe behielt den Strauß als Andenken und stellte ihn am Abend in ihrem Hotelzimmer in eine Vase auf dem Tisch.

Das Abendessen nahmen die drei noch gemeinsam ein, danach verabschiedete sich David von den beiden Freundinnen, doch bevor er ging, verabredete er sich mit den beiden zum morgigen Mittagessen. Doch Linda sagte dankend ab. Sie hatte längst gemerkt, dass Joe von David fasziniert war und wollte den beiden eine Chance geben. Denn sie selbst fand nicht so sehr Gefallen an David, außerdem hatte sie im Moment keine Lust auf eine Beziehung, da sie eine langjährige hinter sich hatte und das Leben erst einmal als Single genießen und sich ganz auf ihren Beruf konzentrieren wollte. Sie war nicht so wie Joe, die nicht gerne alleine war und immer wieder eine neue Beziehung suchte, für Joe gab es einfach nichts Schöneres, als verliebt zu sein. Sie hoffte, dass Joe und David sich näher kamen, denn David machte einen sehr netten Eindruck und würde sicher gut zu Joe passen. David meinte, dass er sich sehr gerne mit ihnen beiden verabredet hätte, aber Linda blieb dabei, dass sie nicht mitgehen wollte. Also verabschiedete sich David und die beiden verbrachten noch einen tollen Abend zu zweit. Natürlich konnte es Linda nicht lassen Joe wegen des Brautstraußes auf den Arm zu nehmen. Aber Joe entgegnete, zuerst brauche sie einmal eine längerfristige Beziehung, bevor sie überhaupt ans Heiraten denken könne. Außerdem sei im Moment kein Mann in ihren Leben, mit dem sie es sich überhaupt vorstellen könne.

„Na ja, wer weiß", sagte Linda, „vielleicht ist er dir schon näher, als du denkst?"

„Und wer sollte das sein?", antwortete Joe. Aber im Grunde wusste sie schon im Vorhinein, auf was Linda anspielte.

Da kam die Antwort auch schon: „Na, David", sagte Linda.

„Wusste ich's doch", erwiderte Joe, „aber das glaube ich nicht, ich glaube, er ist viel eher an dir interessiert als an mir und unternimmt nur aus Höflichkeit etwas mit uns beiden."

„Aber ich will ihn sowieso nicht", antwortete Linda, „ich überlasse ihn gerne dir."

„Ich glaube, dir ist der letzte Cocktail in den Kopf gestiegen, du überlässt ihn mir, wenn das nur so einfach ginge."

Linda war wirklich ein wenig angeheitert, aber auch Joe war nicht mehr ganz nüchtern, aber noch nüchtern genug, um klein beizugeben, damit das Ganze nicht in einen Streit endete, da das das Letzte war, was sie wollte. Im Grunde hatte Linda ja recht, auch wenn Joe es nicht zugeben wollte, so war sie doch schon etwas verliebt in David. Aber sie glaubte nicht, dass David an ihr interessiert war. Außerdem fiel ihr ein, dass sie ja noch gar nicht wusste, woher David kam; sie wusste nur, dass er perfekt Deutsch sprach, aber er nie erwähnt hatte, woher er stammte. Er könnte in Deutschland ebenso gut zu Hause sein wie in Österreich, und selbst wenn er Österreicher sein sollte, so war die Chance verschwindend gering, dass er irgendwo in ihrer Nähe lebte. Nein, sie würde wohl wieder alleine in ihren Alltag zurückkehren und darauf warten, was das Schicksal noch für sie bereithielt.

Joe drängte Linda nun aufs Zimmer zu gehen, da es bereits kurz vor Mitternacht war und Joe war froh, wenn sie ins Bett kam.

Denn umso länger sie wach war, umso mehr Gedanken machte sie sich über David oder über ihr Leben. Manchmal wünschte sie sich, sie hätte etwas von Linda, die konnte einfach alles auf sich zukommen lassen. Joe hingegen lebte häufig schon im morgen, sie machte sich viel zu viele Gedanken über alles. Endlich im Zimmer angekommen fiel ihr Blick wieder auf den Brautstrauß. Ach, wie schön wäre es, wenn sich dieser alte Brauch als wahr erweisen würde. Mit diesen Gedanken schlief sie ein. Als Joe am nächsten Morgen erwachte, war es noch sehr ruhig im Nebenzimmer, Linda schlief noch. Also beschloss Joe sich etwas auf den Balkon zu setzen und das Meer zu beobachten, denn von ihrem Zimmer aus hatte sie einen herrlichen Blick auf das Meer. In zwei Tagen, so dachte sie, war das Ganze vorbei, dann mussten sie den Heimweg wieder antreten. So im Gedanken versunken stand plötzlich Linda hinter ihr. „Guten Morgen", sagte diese verschlafen. „Na, freust du dich schon auf deine Verabredung heute?", fragte Linda. Bei den Gedanken daran begann Joes Herz schneller zu schlagen. Joe antwortete nur kurz *vielleicht*, denn sie hatte keine Lust mit Linda darüber zu reden. Als die beiden gefrühstückt hatten, entschlossen sie sich etwas in dem Souvenirladen zu stöbern. Damit waren sie dann den Rest des Vormittags beschäftigt.

Gegen Mittag trennten sich die beiden, Linda wollte den Nachmittag am Strand verbringen; Joe hingegen ging aufs Zimmer, um sich zurechtzumachen, denn sie würde ja mit David essen gehen. Sie war natürlich zu früh fertig und versuchte sich die Zeit mit Lesen zu vertreiben, bis David kam. Aber sie konnte sich einfach nicht konzentrieren, ihre Gedanken schweiften immer wieder ab. Endlich klopfte es an der Tür. Joes Herz pochte wie wild. Noch schnell ein Blick in den Spiegel, eine letzte Kontrolle, ob das Kleid richtig saß, dann öffnete sie die Tür. David sah wieder einmal atemberaubend aus, selbst im kurzen Hemd und in Jeans. Joe trat aus der Tür und wollte sie von außen zuschließen, aber vor lauter Nervosität fiel ihr der Schlüssel aus der Hand. David bückte sich sofort und hob ihn für

Joe auf, für sie war das fürchterlich peinlich. Doch während er den Schlüssel aufhob, kam er ihr so nahe, dass Joe ins Träumen geriet. Nur einen Kuss weit entfernt in ihrer Fantasie kam er ihr immer näher und näher und schließlich berührte er ihre Lippen, das Verlangen nach ihm wurde immer stärker und aus dem anfänglichen zarten Kuss wurde ein leidenschaftlicher fordernder Kuss. Joe war so in ihrem Tagtraum vertieft, dass sie erst jetzt bemerkte, dass er ihr den Schlüssel längst wieder in die Hand gedrückt hatte. Erst als er sagte: „Bereit zu gehen?", erwachte sie aus ihrem Tagtraum. „Oh, ja Verzeihung", sagte Joe und bekam eine gesunde Röte im Gesicht, die selbst ihr aufgetragenes Make-up nicht verdeckte. David spürte, dass Joe in Gedanken bei ihm gewesen war und er würde viel darum geben, könnte er ihre Gedanken jetzt lesen, zumal sie auch noch rot und verlegen wurde. Als Joe abgeschlossen hatte, diesmal ohne dass ihr der Schlüssel aus der Hand fiel, gingen die beiden zum Lift und auch dort waren sie alleine. Wie gerne hätte es Joe gesehen, dass er die Situation ausgenutzt hätte? Aber nichts geschah.

Zuerst gingen die beiden ins Restaurant und aßen gemeinsam eine Meeresfrüchteplatte. Danach gingen sie noch in den botanischen Garten. Als die beiden ihn so entlangspazierten, fragte David Joe, ob sie sich vorstellen könne ihre Heimat zu verlassen. Die Antwort war für Joe ganz klar und lautete: nein. Doch David ließ nicht locker, „Was wäre, wenn du dir deinen Traum verwirklichen und eine eigene Pferdezucht aufbauen könntest?"

„Ich glaube selbst dann nicht, denn ich bin viel zu sehr zu meiner Heimat verbunden", bekam er als Antwort.

„Was wäre, wenn du die Wahl hättest in deiner Heimat zu sterben oder anderswo weiterleben?"

„Ich glaube, ich würde lieber mit meiner Familie sterben, als anderswo ohne sie weiterzuleben."

„Und wenn du deine Familie mitnehmen könntest?"

„Dann, glaube ich, würde ich es mir überlegen", antwortete Joe darauf. Das war genau die Antwort, auf die David gewartet hatte. „Glaubst du eigentlich an Leben auf anderen Planeten?", wollte David noch wissen.

„Na ja, ich kann mir schon vorstellen, dass es außer der Erde irgendwo noch andere Planeten gibt, auf dem Leben herrscht, aber was soll das Ganze, wieso stellst du mir so komische Fragen?"
„Wenn ich dir Wahrheit über meine Herkunft verrate, wirst du mir sicher nicht glauben, aber ich will versuchen dich zu überzeugen." Joe verstand nichts mehr, welche Wahrheit? Was hatte das alles zu bedeuten?
„In Wirklichkeit lautet mein Name Xwendrin und ich stamme nicht von der Erde, ich komme von einem anderen Planeten, den wir Sonnenplanet nennen, da er von drei Sonnen beschienen wird, ich bin also, wenn du es so nennen willst, ein Außerirdischer. Wie du sehen kannst, unterscheiden wir uns nicht von euch Menschen, zumindest nicht äußerlich, aber wir haben unterschiedliche Fähigkeiten, einige von uns haben die Gabe in die Zukunft zu sehen, andere Gedanken zu lesen und sich telepathisch zu verständigen oder noch einige andere. Ich zum Beispiel kann Visionen hervorrufen, mit denen ich in die Zukunft sehen kann, und eines Tages hatte ich die Vision, dass auf meinen Planeten eine Seuche auftreten wird, wodurch wir die Fähigkeit verlieren uns fortzupflanzen. Leider können wir dies nicht verhindern und so wurden einige von uns ausgewählt sich einen neuen Planeten zu suchen, um sich dort anzusiedeln. Du fragst dich jetzt sicher, was das Ganze mit euch zu tun hat, aber das ist ganz einfach zu erklären. Auf der Suche nach einem neuen Planet durchquerten wir viele Sonnensysteme und da sind wir zufällig auf eure Erde gestoßen. Wir wussten nichts von eurer Existenz, da wir euch so ähnlich sahen, beschlossen wir euch etwas zu beobachten, bevor wir unsere Reise zu unserem Ziel fortsetzen würden. Wir sind schon zwei Jahre unterwegs und haben uns gedacht, wir könnten uns hier etwas erholen, euch würde es ja gar nicht auffallen, dass wir hier sind. Doch dann hatte ich eine Vision von eurer Zukunft. Es wird wieder ein Krieg ausbrechen und dieser wird schrecklicher sein als all die Kriege, die ihr bisher kanntet. Es wird ein Atomkrieg sein und es wird nur sehr wenige Überlebende auf eurer Welt geben und die wenigen Menschen, die diesen Krieg überleben, werden verstrahlt sein.

Und dadurch wird auch eure Rasse aussterben und mit euch die meisten Tiere, möglicherweise werden einige widerstandsfähige Insekten überleben, aber mehr wird nicht übrig bleiben. Da wir schon einen Planeten gefunden haben, auf den wir uns niederlassen werden, haben wir beschlossen auch einige von euch mitzunehmen und ihnen auf einem neuen Planeten ein neues Leben zu ermöglichen."

Joe konnte nicht glauben, was sie da hörte, entweder war er der größte Lügner, den sie kannte, oder er glaubte selber daran. David hatte schon damit gerechnet, dass sie ihm nicht glauben würde, und genau das konnte er jetzt in ihrem Gesichtsausdruck erkennen. Er streckte seine Hände aus und berührte damit Joes Stirn. Dadurch hatte sie die Möglichkeit seine Vision zu sehen und das, was sie da sah, konnte sie ihr Leben lang nicht mehr vergessen. Die Erde war finster, es herrschten Brutalität und Gewalt, ein Polizist war auf Streife und wurde von hinten erschossen, bevor diese Person tödlich getroffen niedersank, konnte Joe noch kurz ihr Gesicht sehen. Es war eine Frau, allerdings nicht irgendeine Frau, es war ihre Freundin Linda, aber dem noch nicht genug wurde diese dunkle Nacht plötzlich durch ein kurzes grelles Licht erhält. Als das Licht wieder verlosch, sah sie nicht mehr viel außer Tod und Vernichtung; oder doch, da bewegte sich etwas, war es ein Tier? Nein, ein Mensch, der sich auf allen Vieren fortbewegte, aber nur kurz sah es so aus, als hing ihm die Haut in Fetzen herunter und er war überall mit blutigen Blasen übersät, doch einige Sekunden später sank er tot zusammen. „Aufhören! Aufhören!", schrie Joe. Sie konnte es nicht länger ertragen. „Das ist so schrecklich, das darf nicht geschehen! Wenn du wirklich ein Außerirdischer bist, so wie du behauptest, dann unternimm etwas dagegen", schrie Joe mit flehender Stimme. Zum Glück waren die beiden alleine, denn hätte jemand die beiden gesehen, so hätte er geglaubt, David wolle ihr was antun. Er antwortete, dass er leider nichts dagegen unternehmen könne, aber er hätte die Möglichkeit eine gewisse Anzahl von Menschen von jedem Kontinent der Erde mitzunehmen und ihnen ein neues Leben zu ermöglichen.

„Du glaubst mir jetzt also?", fragte David. „Na ja, das Ganze klingt so unglaublich, dass ich es mir eigentlich nicht vorstellen kann, aber ich habe noch nie von einem Menschen gehört, der wirklich in die Zukunft blicken und das noch anderen Menschen zeigen kann, aber wie soll ich mich jetzt verhalten, warum zeigst du das ausgerechnet mir?"

„Du bist eine von denen, die wir ausgewählt haben mit uns zu kommen."

„Ich? Warum ich?"

„Ganz einfach, du bist eine der wenigen Menschen, die nicht nur von Reichtum und Geld träumen, du träumst von einer Pferdezucht und einer Familie, außerdem möchtest du die Tiere nur züchten, weil du sie liebst und nicht weil du mit ihnen viel Geld verdienen willst. Wir suchen Menschen so wie dich, die jung sind und gleichzeitig noch Ideale haben. Es gibt anscheinend nicht viele davon mehr auf dieser Erde. Wir beobachten dich und deine Familie schon längere Zeit und dachten, hier in deinem Urlaub wäre es ideal dir und deiner Freundin näher zu kommen. Es ist auch gut so, dass deine Freundin heute nicht dabei ist, denn sie ist schwerer zu überzeugen als du." Dann sagte David, dass es jetzt besser sei, wenn sie erst mal in Ruhe darüber nachdenke, ob sie bereit wäre mit ihm mit zu gehen. „Wir werden uns morgen nicht sehen, aber ich werde zu dir kommen, wenn du wieder zu Hause bist und danach werden wir alles Weitere besprechen."

Danach trennten sich die beiden, David wollte Joe die Chance geben in Ruhe über alles nachzudenken und das tat Joe auch. Sie beschloss noch etwas alleine durch die Hotelanlage zu schlendern, für den Strand war es sowieso schon zu spät und außerdem wollte sie im Moment niemanden sehen, mit dem sie sich unterhalten müsste. Das, was sie in der letzten Stunde erfahren hatte, klang so unglaublich, dass sie es selbst nicht glauben konnte und dann wohl kaum jemand anderes. Und Linda? Was sollte sie Linda sagen? Die Wahrheit? Nein, das würde sie nicht glauben. Linda war da schon schwerer zu überzeugen als sie. Zumal sie es selbst nicht so recht glauben konnte. Wie sollte es jetzt weitergehen? Sollte sie Davids Angebot annehmen? Konnte sie ihm vertrauen?

Schließlich ging sie ein großes Risiko ein, wenn sie ihre Heimat verlassen würde und alles aufgab, was sie besaß. Sie müsste ihre Wohnung in Wien kündigen, würde ihr Auto verkaufen und musste viele Dinge besorgen, die sie mitnehmen wollte bzw. für einen Neuanfang brauchte. Denn was wäre, wenn sie sich für Davids Angebot entschied und alle Vorbereitungen traf und David ein Schwindler war? Joe ging so viel durch den Kopf, dass sie sprichwörtlich nicht wusste, wo ihr der Kopf stand. Schließlich gab sie es auf und ging aufs Zimmer, sie konnte ja nicht ewig wegbleiben.

Als sie auf ihr Zimmer kam, war auch Linda schon von ihrem Strand-Nachmittag zurück. Natürlich war Linda neugierig und fragte Joe sofort, wie ihr Treffen war; als sie aber Joes Gesichtsausdruck sah wusste sie, dass etwas nicht mit ihr stimmte. Joe war keine besonders gute Schauspielerin und sie konnte sich nicht verstellen und so tun, als sei nichts gewesen. „Ach je", sagte Linda, „ist wohl nicht so gut gelaufen. Und ich hätte alles darauf verwettet, dass aus euch ein Paar wird. Aber erzähle was war?"

„Tut mir leid, ich will darüber nicht sprechen", bekam sie als Antwort.

„So schlimm?", sagte Linda darauf.

„Bitte", sagte Joe, „lass es, ich kann und will nicht darüber sprechen. Du würdest es sowieso nicht verstehen."

„Was würde ich nicht verstehen?" Jetzt war Linda erst recht neugierig geworden. „Ich sagte doch, ich will darüber nicht reden."

„Hat er versucht dich zu verführen?" Da Joe nichts sagte, begann Linda zu raten. „Nein!"

„Aber was dann? Irgendetwas muss ja vorgefallen sein, dass du so verstört bist."

„Ich sagte dir schon, dass ich nicht darüber reden will!" Linda ließ nicht locker, ihre Neugier war geweckt und wollte befriedigt werden. „Wir sind doch Freunde und du erzählst mir sonst auch immer alles, also wieso jetzt nicht und was heißt, ich würde es nicht verstehen? Komm schon erzähle mir, was vorgefallen ist."

„Nein!" Jetzt wurde Joe energisch. Wie sollte sie es Linda beibringen? Ach, wäre David doch mitgekommen und hätte es ihr erklärt, sie hätte ja wissen müssen, dass Linda Fragen stellen würde, aber sie war in diesem Moment so verwirrt gewesen, dass sie daran gar nicht gedacht hatte. Dann kam ihr eine Idee. „Ich hatte letzte Nacht einen verrückten Traum. Ich träumte, ich hätte einen Außerirdischen kennengelernt und der hätte mir angeboten mit meiner Familie auf einen anderen Planeten zu gehen und dort ein neues Leben aufzubauen, ich meine natürlich einen unbewohnten Planeten. Was würdest du machen, wenn das möglich wäre?"

„Ich weiß nicht", sagte Linda, „aber was soll das jetzt? Ich will wissen, was mit dir los ist, und nicht, was für verrückte Träume du hattest." Linda ließ einfach nicht locker, der Trick mit dem Traum hatte sie auch nicht weitergebracht. Also blieb Joe nichts anderes übrig, als Linda die Wahrheit zu erzählen. Auch wenn sie sie dann für verrückt halten würde. „Okay", gab Joe schließlich nach, „ich erzähle es dir, auch wenn du mich auslachen und für verrückt halten wirst. David heißt in Wirklichkeit Xwendrin. Außerdem stammt er nicht von hier."

„Wieso Xwendrin? Was ist das für ein Name? Und was heißt, er ist nicht von hier? Dass er kein Italiener ist, das weiß ich", unterbrach sie Linda.

„Nein, mit nicht von hier meine ich, er ist nicht von der Erde, deshalb auch der falsche Name."

„Wie nicht von der Erde? Was soll das heißen? Willst du mir erzählen, er ist ein Außerirdischer?"

„Ja", antwortete Joe.

„Okay, du hast recht, ich halte dich wirklich für verrückt. Hat David dir das eingeredet? Wenn ja, dann seid ihr beide verrückt, du, da du es ihm geglaubt hast und er, wenn er den Schwachsinn selbst glaubt. Oder wollt ihr beide mich auf den Arm nehmen?"

„Nein", antworte Joe schnell. „Das ist die Wahrheit, ob du es glaubst oder nicht. Ich wollte es ja selbst nicht glauben, aber er hat eine Fähigkeit, die kein Mensch sonst hat, er kann mit Visionen in die Zukunft sehen." Linda wollte sie gerade unterbrechen und sagen, dass man viel erzählen kann, doch Joe kam ihr zuvor. „Bevor du mich unterbrichst und sagst, dass du das nicht glaubst, lass mich bitte ausreden. Ich weiß, das alles klingt unglaublich, aber als er mich berührte, konnte ich seine Vision sehen. Sie lief wie ein Film vor meinen Augen ab. Ich sah, dass sich die Menschen selbst vernichten durch einen fürchterlichen Atomkrieg und nicht nur einige Städte oder einige Länder, nein, sie zerstören die ganze Erde. Ich sah wie ein grelles Licht bzw. ein greller Blitz alles vernichtete. Es gab fast nichts mehr, was lebte. Bis auf einen Menschen, den ich sah, und der war als Mensch fast nicht zu erkennen. Die Haut hing ihm wie ein Fetzen vom Leib und er war über und über mit blutigen Blasen übersät." Fast weinerlich klang Joes Stimme. Linda hingegen wollte es immer noch nicht glauben und meinte, dass das ein mieser Trick gewesen sei.

„Nein", bestritt Joe vehement. „Das kann kein Trick gewesen sein! Ich wollte es dir nicht sagen, aber ich habe noch etwas gesehen, und zwar, wie du erschossen wurdest im Dienst und kein Mensch sich um dich kümmerte. Man ließ dich einfach liegen und sterben und kurz darauf war der besagte helle Blitz zu sehen. Das war das Schrecklichste, was ich je gesehen habe, und ich werde es niemals vergessen. Auch wenn du mir nicht glaubst, ich glaube mittlerweile daran, dass er die Wahrheit gesagt hat, und ich werde sein Angebot annehmen und ich hoffe, auch du wirst noch überzeugt."

Nun gab es auch Linda auf, Joe davon zu überzeugen, dass das Ganze nur ein Trick gewesen war. Sie würde es sowieso nicht schaffen, Joe war einfach zu überzeugt, sie hingegen glaubte nicht daran. Sie glaubte vielmehr, dass nur ein Trick dahinter stecken könne und der angebliche David nur irgendein Ziel verfolge. Nur welches? Darauf konnte sie sich keinen Reim machen; wenn er sie nur ins Bett kriegen wollte, so hätte es bessere Methoden gegeben. Aber was konnte er sonst von Joe wollen? Geld besaß sie auch nicht viel, sodass er auf das spekulierte. Dass er die Wahrheit sagte, diese Möglichkeit zog sie nicht in Betracht. Schließlich gingen die beiden zum Abendessen in den Speisesaal und danach verbrachten sie noch einige Zeit in dem hoteleigenen Swimmingpool, der noch bis 11 Uhr nachts geöffnet hatte. Über das Thema David wurde nicht mehr gesprochen, eigentlich wurde überhaupt nicht viel gesprochen, sie waren entweder im Wasser und jeder schwamm seine Bahnen oder man saß auf einem Liegestuhl und tat so, als ob man lesen würde, aber in Wirklichkeit hing jeder seinen Gedanken nach. Joe überlegte, was sie alles mitnehmen würde auf diese Reise ohne Wiederkehr und wie es wohl ihre Eltern aufnehmen würden. Und vor allem ihre Geschwister.

Die beiden Kleinen, die erst fünf und sechs waren, denen brauchte man noch nicht viel zu erklären, aber die anderen beiden, die schließlich schon 18 und 21 waren, trafen ihre Entscheidungen schon selbst und Joe hoffte sehr, dass auch sie die richtige Entscheidung trafen. Auch waren ihre Eltern zu überzeugen. Aber vielleicht sollte sie das David überlassen. Er wüsste sicher sie zu überzeugen und was war mit Linda? Joe konnte den Gedanken nicht ertragen Linda so einfach ihrem Schicksal zu überlassen. Sie musste unbedingt noch überredet werden, denn auch auf einem neuen Planeten hätte sie gerne eine Freundin, mit der sie über alles reden konnte. Sie würde sich ewig Vorwürfe machen, wenn Linda sterben würde, obwohl sie es verhindern konnte; das würde sie auf keinen Fall zulassen und sie hoffe, dass ihr vielleicht David helfen konnte. Kurz vor 11 Uhr gingen die beiden dann auf ihr Zimmer. Auch da wurde nicht mehr viel geredet, man sagte gute Nacht und sie gingen zu Bett. Joe war froh, dass sie beide getrennte Schlafräume hatten. Linda konnte abschalten und gleich einschlafen, wahrscheinlich war sie es gewohnt von ihrer Arbeit, denn da erlebte sie täglich sehr viel und wenn sie so wie Joe noch lange darüber grübeln würde und sich Gedanken machte, was alles geschehen war, so würde sie keinen Schlaf finden. Joe hingegen hatte noch eine ganze Weile Licht brennen, bevor sie endlich an Schlaf denken konnte. Auch der nächste Tag verlief sehr schweigsam zwischen den Freundinnen. Sie verbrachten fast den ganzen Tag am Strand und gegen Abend gingen sie in ihr Zimmer, um alles für die morgige Abreise zu packen. Nach dem letzten Abendessen im Hotel machten die beiden noch einen Strandsparziergang. Sie wollten jedoch nicht allzu weit gehen, da Joe zwar schon ohne Krücken ging, aber noch keine längeren Spaziergänge schaffte. Die beiden sahen zu, wie die Sonne im Meer versank. Joe dachte, dass sie wahrscheinlich den letzten Sonnenuntergang am Meer hier auf der Erde erleben würde, und fragte sich, was ihr wohl die Zukunft bringen würde. Vor einigen Tagen hatte sie noch davon geträumt, dass sich zwischen ihr und David eine Beziehung entwickeln würde und hielt den gefangenen Brautstrauß noch für einen Wink des Schicksals; jetzt jedoch hatte sich ihr Leben total verändert. Auch Linda war ganz in Gedanken versunken und bemerkten erst spät, dass es um sie herum dunkel wurde. Da es ein fremdes Land war, fühlten sie sich in der Dunkelheit nicht sehr wohl und so kehrten sie schnell ins Hotel zurück. Danach gingen sie noch in das Café und zum Schluss tranken sie noch einen Cocktail in der Bar. Dann gingen die beiden zu Bett. Auch in dieser Nacht brauchte Joe lange, um Schlaf zu finden, und es wurde eine sehr unruhige Nacht. Sie konnte am nächsten Tag zwar nicht mehr sagen, was sie geträumt hatte, jedoch wusste sie, dass es mehrere Albträume waren, denn sie wurde mehrmals in der Nacht wach und war schweißgebadet. Erst als sie eine morgendliche Dusche hinter sich gebracht hatte, ging es ihr besser. Da sie schon am Vortag alles eingepackt hatten, konnten die beiden noch in Ruhe ihr Frühstück genießen, bevor die Heimreise losging. Obwohl *genießen* das falsche Wort war. Denn Joe, die eigentlich immer Appetit hatte, ging so viel im Kopf herum, dass sie kaum wahrnahm, was sie aß. Dieses Mal kamen ihr die acht Stunden Busfahrt nicht so lange vor. Das Meer verabschiedete sich diesmal sehr ruhig, nicht so stürmisch, wie sie begrüßt wurden, und Joe blickte wehmütig aus dem Busfenster, als sie wieder die Küstenstraße entlangfuhren, die sie auch gekommen waren. Das letzte Mal das Meer sehen. Vielleicht würde sie nie wieder im Leben irgendein Meer sehen. Denn sie wusste ja nichts von dem neuen Planeten. Nur dass er der Erde ähnlich sein sollte. Als sie endlich zu Hause angekommen waren, verabschiedeten sich die beiden Freundinnen. Joe war sehr froh wieder zu Hause zu sein, aber sie hatte auch etwas Angst um Linda, da sie ja gesehen hatte, wie sie in dieser Vision erschossen wurde. Deswegen fiel es ihr nicht leicht sich von Linda zu verabschieden, ohne zu wissen, ob sie sie lebend wiedersehen würde. Denn die beiden wohnten ca. 100 km voneinander entfernt. Sie hatten sich vor Jahren in Wien kennengelernt, als Joe ihre Lehre als Floristin machte. Damals wohnten sie gemeinsam in einem Wohnheim, wo ihre Freundschaft auch begann. Vor ihrem Unfall lebte Joe auch in Wien, aber in einer Wohnung. Doch zurzeit wohnte sie bei ihren Eltern in der Steiermark.

2. Kapitel

Was Joe nicht wusste, war, dass sich eine Außerirdische ganz in ihrer Nähe befand. Diese hatte die Fähigkeit anderen Gefühle zu übermitteln und zu empfangen. Sie hatte den Auftrag von David, ihr den Abschied von ihrer Freundin zu erleichtern, da Joe ein ganz besonderer Mensch war, ein Mensch, der sehr tiefe Gefühle empfinden konnte. Außerdem war ihm Joe sehr wichtig, obwohl er nicht wusste warum. Gefühle wie Liebe gab es nicht auf dem Planeten, von dem er kam. Tiefe innige Liebe hatte er erst auf der Erde kennengelernt. Er wusste nicht, dass auch seine Rasse dazu fähig sein konnte. Chantal, so hieß die Außerirdische, hielt sich im Hintergrund und gab sich nicht zu erkennen. Ihre Aufgabe war mit dem Abschied der beiden Freundinnen erledigt, und sie kehrte zu den anderen ihrer Rasse zurück. Joe konnte sich die Erleichterung nicht erklären, aber sie war froh darüber, denn nun konnte sie sich ganz dem Gefühl der freudigen Heimkehr hingeben. Als Erstes wurde sie von ihren beiden jüngeren Geschwistern, Sidney und Susen, begrüßt, die mit Joes Mutter gekommen waren, um Joe abzuholen. Die beiden, die erst fünf und sechs Jahre alt waren, freuten sich natürlich ganz besonders, dass ihre „große Schwester" wieder da war. Denn Joe hatte seit ihrem Unfall sehr viel Zeit, um mit ihnen zu spielen. Joe freute sich riesig, als ihr die jüngere der beiden eine Blume als Willkommensgeschenk in die Hand drückte. Außerdem war Sidney, die jüngere der beiden, Joes ganz besonderer Liebling und zugleich ihr Patenkind. Nach einer stürmischen Begrüßung ging es wieder nach Hause und Joe freute sich schon besonders auf die erste Nacht wieder im eigenen Bett zu sein auch mit dem Hintergedanken, dass die

Tage in ihrem vertrauten Zuhause gezählt waren. Zu Hause angekommen wurde erst einmal ausgepackt und zugleich wurden neugierige Fragen der Familie, wie es den im Urlaub war, beantwortet. Joe erzähle alles Erzählenswerte, nur das von David verschwieg sie ihnen vorerst. Sie wollte erst abwarten, bis sie ihn wiedersah und mit ihm alles besprechen konnte. Denn sie wusste nicht, wie man es den Eltern beibringen könnte, das, was so unglaublich klang, dass sie es selbst fast nicht glauben konnte. Manchmal dachte sie selbst, sie träume nur und bald würde der Wecker klingeln und alles wäre ganz anders. Doch es war alles real. Die Zeit zu Hause schien nur so zu verfliegen und die zwei Tage, die sie nun schon wieder dort war, kamen ihr nur wie einige Stunden vor. Da sie sich an diesem Tag mit David treffen wollte, bat sie ihre Mutter sie in die Stadt zu fahren, da sie mit einer Freundin verabredet war. Dass dies nur ein Vorwand war, um sich mit David zu treffen, verriet sie nicht. Sie wollte ihn ihrer Familie noch nicht vorstellen, was sollte sie ihnen schon sagen? Das ist David, den ich im Urlaub kennengelernt habe, und übrigens er ist ein Außerirdischer? Nein, das ging nicht, sie würden sie für verrückt halten oder glauben, sie hätte im Urlaub einen Sonnenstich erlitten. Joes Mutter Isabell war einverstanden und meinte, sie habe sowieso einkaufen wollen. Joe war froh, dass sie nicht nachfragte, um welche Freundin es sich handele, und sie sich nicht noch mehr Ausreden einfallen lassen musste. Hätte sie ihre Schwester, die nur drei Jahre jünger war, gefragt, hätte diese sicher mehr über diese angebliche Freundin wissen wollen. Joe hoffte nur, dass ihr Fuß bald wieder ganz in Ordnung wäre und sie selbst wieder ihren Wagen benutzen könnte. Als sie ihre Mutter in der Stadt absetzte, ging Joe in das vereinbarte Lokal, wo sie sich mit David treffen wollte. David wartete schon voller Ungeduld auf Joe und konnte sich selbst nicht erklären, wieso er auf einmal so fröhlich gestimmt war, als er Joe sah. David begrüßte Joe und meinte, sie solle noch etwas warten mit ihren Fragen, die sie auf dem Herzen hatte. Er würde ihr noch alles erklären, aber nicht hier, denn man wüsste in einem Lokal nie genau, wer zuhörte. Also bestellte sich Joe ein Getränk und trank dieses recht zügig aus, da sie mit Fragen voll war und endlich einige Antworten wollte.

Als sie ihre Getränke bezahlt hatten, verließen sie das Lokal und spazierten in den Stadtpark. Dort sollte Joe all ihre Antworten bekommen. Als Erstes wollte Joe wissen, wie sie zu David sagen sollte, David oder Xwendrin. Da er meinte, dass es besser wäre, wenn sie weiterhin David zu ihm sagte, da es sich doch sehr ungewöhnlich anhören würde, wenn sie ihm vor fremden Xwendrin nannte. Das sah Joe natürlich sofort ein, außerdem hatte sie sich schon an den Namen David gewöhnt. Darüber hinaus interessierte sich Joe dafür, wie sie es ihren Eltern und Geschwister sagen sollte. „Nur die Ruhe", antwortete David. „Wir haben für alles schon einen Plan und der sieht folgendermaßen aus: Ich gebe mich als Regierungsbeamter aus und erkläre ihnen, dass sie für ein Siedlungsprogramm ausgewählt wurden. Sie werden von uns Geld erhalten, das sie zur Anschaffung gewisser Dinge, die sie benötigen, brauchen. Außerdem bekommen sie von uns eine genaue Liste von Dingen, die sie mitbringen sollen, und Dingen diese nicht mitnehmen dürfen. Erlaubt sind nur Dinge, die verrotten, wie Holz, Leder, Metall, Papier usw. Dass wir Außerirdische sind, werden sie vorerst noch nicht wissen, außerdem werden wir sie zum Schweigen verpflichten."

Joe grübelte bereits und überlegte, ob er damit ihre Familie überzeugen könne. Und als ob David Gedanken lesen könnte, sagte er: „Du brauchst keine Angst zu haben, ich werde es ihnen schon so sagen, dass sie keine andere Wahl haben, als damit einverstanden zu sein."

Joe traute sich fast nicht zu fragen, aber es lag ihr sehr am Herzen: „Was ist mit den Tieren? Kommen auch Tiere mit oder gibt es auf diesen Planeten welche?" David lachte. Er ahnte schon, dass diese Frage kommen würde, David kannte bereits Joes Herz für Tiere. „Ja, auch Tiere kommen mit. Aber nur Tiere, die auch nützlich sind, wie Schweine, Hühner, Kühe usw."

„Und was ist mit Pferden?" Dies war ihr sehr wichtig. David wusste das und hatte deshalb mit Absicht Pferde nicht erwähnt, er wollte wissen, wie Joe reagierte. Ein schelmisches Lächeln machte sich auf seinem Gesicht breit. „Keine Sorge, du darfst dir drei Pferde unterschiedlicher Rassen aussuchen." Joe war im ersten Moment so überrascht, dass sie nicht wusste, was sie sagen sollte. Zögernd kam dann aus ihrem Mund „Ich?"

„Ja, du, wir haben dich schon längere Zeit vor unserer Begegnung beobachtet und wissen um deine Liebe zu Pferden und hoffen, du wirst dir die richtigen aussuchen, aber bedenke, sie sollten vor allem Arbeits- und Reittiere und nicht nur schön zum Anschauen sein. Außerdem wäre es gut, wenn sie bereits trächtig sind, aber von verschiedenen Hengsten und nicht von dem, den du mitnimmst. Am besten zwei weibliche und ein männliches Tier. Auch bei den anderen Tieren wählen wir so aus. Der Abflug wird in drei Monaten sein, deshalb wäre es gut, wenn ihr schon mit den Vorbereitungen beginnt. Ich werde heute Abend bei euch vorbeikommen und deine Familie in alles einweihen, denn drei Monate sind nicht lange und es muss noch viel organisiert werden."

Doch eine Frage brannte Joe noch auf der Seele. „Linda! Was ist mit Linda? Wird sie auch mitkommen?"

„Keine Sorge", antwortete David, „wir werden sie schon noch überzeugen, dass sie auch mitkommt. Sie hat einen neuen Partner zugeteilt bekommen, was sie allerdings nicht weiß, ist, dass er von unserem Volk ist! Außerdem musst du wissen, dass einige von uns die Fähigkeit haben Menschen zu beeinflussen, wenn wir wollen. Da ist es leicht sie zu überzeugen und es ihnen so einzureden, als sei es von ihnen ausgegangen. Linda hat inzwischen wieder ihren Dienst angetreten und zu ihrer Überraschung bekam sie einen neuen Partner zugeteilt, der sie auf allen Außendiensten begleitet."

Normalerweise war Linda der Typ, der seine Gefühle sehr gut in Griff hatte und sich auch nicht oder schon gar nicht von einem gut aussehenden Mann hinreißen ließ. Aber als sie Artemis das erste Mal zu Gesicht bekam, war sie hin und weg. Als er ihr als neuer Partner vorgestellt wurde, verschlug es ihr die Sprache. In ihrem Inneren tobte es und ihre Gefühle kämpften miteinander, sie wollte sich nicht von einem Mann hingezogen fühlen, sie wollte auch keinen Mann in ihrem Leben. Aber andererseits hatte er etwas Unwiderstehliches an sich, das sie sich einfach nicht erklären konnte. Schließlich siegte die Vernunft doch und sie hatte sich wieder so einigermaßen im Griff, dass sie sich den Handschlag auf künftige gute Zusammenarbeit geben konnten. Aber als sie ihm die Hand gab und sie sich berührten, war es, als durchfluteten sie positive Gefühle, und sie kämpfte wieder mit sich in ihrem Inneren. In Gedanken fragte sie sich, was der Mann an sich hatte, dass sie so empfand. Er war hübsch, groß, dunkelhaarig und sehr männlich gebaut, breite Schultern und die Uniform saßen an ihm wie angegossen. Aber das allein war es nicht, sie konnte es sich nicht erklären warum? Aber er hatte irgendetwas an sich, das sie anzog, und das war nicht nur das Aussehen. Vielmehr die Ausstrahlung. Wenn sie ihn ansah oder ihn berührte, wünschte sie sich all die Vernunft über Bord zu werfen und ihm hemmungslos zu küssen oder vielleicht sogar mehr, obwohl sie ihn überhaupt nicht kannte. Und nun sollte sie auch noch mit ihm zusammenarbeiten? Am liebsten hätte sie ihrem Vorgesetzten gesagt, dass das nicht ginge, dass sie mit diesem Mann einfach nicht zusammenarbeiten konnte, aber das ging natürlich nicht, das hatte sie nicht zu bestimmen, dies bestimmten andere für sie. Irgendwie würde sie, nein, irgendwie musste sie ihre Gefühle in den Griff kriegen; schließlich hatte sie bis jetzt noch nie Probleme damit gehabt ihre Gefühle zu kontrollieren. Erleichterung empfand sie, als sich ihre Hände wieder lösten. So was hatte sie noch nie erlebt, dass sie ein Mann so in seinen Bann zog. Linda war froh, dass sie an diesem Tag keinen Außendienst hatte und deshalb nicht mit Artemis alleine war. Artemis, was für ein ungewöhnlicher Name, dachte sie. Als Lindas Schicht beendet war, konnte sie es immer noch nicht fassen von einem Mann so angezogen zu werden und an Liebe auf den ersten Blick glaubte sie nicht.

Den nächsten Tag hatte Linda frei und war sehr froh darüber, schließlich musste sie an ihren Gefühlen arbeiten, hingegen Joe hatte es aufgegeben mit ihren Gefühlen gegenüber David zu kämpfen, sie wusste, dass er kein Mensch war und das es deswegen keine Chance gab zwischen ihr und David. Sie hoffte auf dem neuen Planeten vielleicht jemanden kennenzulernen und wenn nicht, so brauchten sie ja jemanden, der die ganzen Tiere versorgte, und da sie ja schon etwas Erfahrung sammeln konnte auf diesem Gebiet, weil ihr Ex-Freund eine Landwirtschaft besaß und sie dort auch mitgeholfen hatte, konnte sie sich gut vorstellen auch eine kleine Landwirtschaft zu betreiben. Aber vorerst musste sie dafür sorgen, dass die ganze Familie am Abend zu Hause war. Sie war schon gespannt darauf, wie ihre Familie darauf reagieren würde. Als sie wieder mit ihrer Mutter nach Hause fuhr, fragte sie, ob sie ein paar schöne Stunden gehabt hätte mit ihrer Freundin. Joe antwortete mit ja und wollte nicht weiter auf dieses Thema eingehen. Ihre Mutter verstand, dass Joe nicht mehr davon erzählen wollte und fragte nicht weiter. Nur dass Joe etwas nervös war, fiel ihr auf, aber sie dachte, wenn Joe ernsthafte Probleme hätte, würde sie schon mit ihr reden.

Da es ein Mittwoch war und alle am nächsten Tag zur Arbeit mussten, hatte Joe keine Probleme damit, dass die Familie nicht zu Hause war, als David kam. Aber David kam nicht alleine. Er hatte eine Frau dabei. Joe, die sich schon so sehr auf David gefreut hatte, war enttäuscht. Eine Frau, vielleicht sogar seine, schoss es Joe durch den Kopf, das war durchaus möglich, denn er hatte nie behauptet, dass es keine Frau in seinem Leben gab. David stellte sich als Regierungsbeamter David Sammer vor und sie als Chantal Riedl, seine Kollegin. Danach wurde Joes Mutter gebeten die ganze Familie in einen Raum zu versammeln, da er ihnen etwas Wichtiges mitzuteilen hatte. Isabell und ihr Mann Jonas sahen sich verwundert an, was hatten sie mit der Regierung zu tun und vor allem warum hatte das mit der ganzen Familie zu tun? Sie waren etwas beunruhigt, aber das war nun Chantals Aufgabe, die Gefühle spüren und übermitteln konnte: Sie übermittelte ein beruhigendes Gefühl. Jonas tat wie ihm geheißen und rief die restliche Familie zusammen. Als sich alle vollzählig in der Küche des Hauses versammelt hatten, erzählte ihnen David, dass die gesamte Familie auserwählt wurde für ein Regierungsprogramm, um einen neuen Planeten zu besiedeln. Und wenn sie damit einverstanden wären, bekämen sie Geld und eine Liste mit Dingen, die sie noch erledigen und besorgen müssten. Eigentlich hätten sie sich jetzt fragen müssen, warum gerade sie ausgewählt wurden. Sie, die nie mit der Regierung nur das Geringste zu tun hatten. Aber das war Chantal, die ihnen übermittelte, dass sie sich das schon immer gewünscht hätten und das Angebot unbedingt annehmen wollten. Und so fiel es auch der gesamten Familie nicht auf, dass Chantal sich nie zu Wort meldete, sondern nur ruhig und doch konzentriert neben David stand. Chantals Beeinflussung funktionierte hervorragend und die gesamte Familie sagte begeistert zu, bis auf Joe, da sie ja die Wahrheit kannte und nicht beeinflusst werden brauchte. Aber selbst David konnte spüren, dass sie enttäuscht war, und konnte sich keinen Reim darauf machen, da sie sich ja um ihre Familie jetzt keine Sorgen mehr machen musste. Jetzt würde er alles dafür geben Joes Gedanken zu lesen. Aber das konnte er nicht und auch Chantal nicht, sie konnte genauso wie David Gefühle anderer spüren, nur mit dem Unterschied, dass Chantal auch Gefühle übermitteln und er in die Zukunft blicken konnte. Obwohl sich Joe schon damit abgefunden hatte, dass aus ihr und David nichts werden würde, so war sie doch enttäuscht, als sie ihn mit Chantal sah. Deshalb spürten Chantal und David auch die Enttäuschung von Joe, die sich selbst insgeheim für diese Enttäuschung rügte.

Schließlich bekam Joes Mutter ein kleines Heft, in dem die Listen standen von Dingen, die sie noch zu besorgen hatten, Dinge, die sie mitnehmen durften und Dinge, die sie nicht mitnehmen durften und auch 50.000 Euro. Isabell, die das Familienoberhaupt war, sollte das Geld verwalten und jedem das zuteilen, das er benötigte, bis auf Joe, die extra noch 50.000 Euro erhielt, damit sie die drei Pferde besorgen konnte. Danach verabschiedeten sich David und Chantal, ließen aber vorher noch ihre Telefonnummer und Adresse hier, um etwaige Fragen zu beantworten. Am nächsten Morgen erwachte Joe mit dem Gefühl, dass sich an diesem Tag noch irgendwas ereignen würde. Sie konnte nur sagen, dass es kein gutes Gefühl war, wen es betraf oder was passieren würde, das konnte sie nicht bestimmen. Also versuchte sie Linda zu erreichen, um zu fragen, ob alles in Ordnung war. Aber leider hatte diese das Handy ausgeschaltet, dadurch wuchs Joes Unruhe noch mehr. Sie versuchte sich damit zu beruhigen, dass Linda wahrscheinlich im Dienst war und deshalb ihr Telefon ausgeschaltet hatte.

Wie Joe schon vermutet hatte, war Linda wieder im Dienst und hatte wie immer vor Dienstbeginn das Telefon ausgeschaltet. Inzwischen hatte sie ihre Gefühle wieder ganz gut im Griff und meinte, dass Artemis ihr jetzt nicht mehr gefährlich werden könne, selbst wenn sie mit ihm alleine sein würde. Leider hatte sie sich da geirrt. Sie sah Artemis und die Gefühle in ihr spielten wieder verrückt, so sehr sie sich auch dagegen wehrte. Zu allem Überfluss wurde sie auch noch zum Außendienst mit ihm eingeteilt. Als die beiden dann gemeinsam in einem Streifenwagen saßen, musste sich Linda sehr auf ihre Aufgabe konzentrieren, zumal sie noch zu einem bewaffneten Banküberfall gerufen wurden. Zum Glück schaffte sie es sich so auf ihre Aufgabe zu konzentrieren, dass sie ihre Gefühle zumindest für eine Weile unterdrücken konnte. Als sie am Einsatzort angekommen waren, wo sich schon mehrere Kollegen befanden, war gerade eine Schießerei im Gange. Während Linda aus dem Auto stieg und gerade ihre Position hinter dem Auto beziehen wollte, tauchte einer der bewaffneten Räuber hinter ihr auf und schoss auf sie. Artemis, der gleich neben ihr war, reagierte sofort und riss Linda zu Boden, sodass die Kugel sie nur knapp verfehlte. Artemis hatte anscheinend eine sehr gute Reaktion, denn nachdem er Linda zu Boden gerissen hatte, schaffte er es auch noch den Räuber zu Boden zu strecken und ihm Handschellen anzulegen. Die anderen Polizisten, die auch am Einsatzort waren, fragten sich, wie es Artemis in Sekundenschnelle geschafft hatte, Linda das Leben zu retten und noch den Räuber dingfest zu machen. Linda war Artemis so dankbar, dass sie ihn am liebsten umarmt und geküsst hätte.

Aber das konnte sie natürlich nicht vor ihren Kollegen. Als der Einsatz beendet war und sie wieder alleine im Streifenwagen saßen, fragte Linda Artemis, wie er es geschafft habe, dass er ihr das Leben gerettet und noch den Täter festgenommen hatte. Da die beiden alleine waren, konnte Artemis ihr die Wahrheit sagen. „Ich besitze telepathische Fähigkeiten und ich kann also seine Gedanken lesen und wusste, dass er plötzlich hinter uns war und dass er abdrücken würde. Er hatte nur einen Gedanken, nämlich irgendeinen Bullen zu erschießen, er war so voller Hass, es war ihm egal, wer das sein würde."

Linda sah ihn verwirrt an. Telepathie? Gedanken lesen? Sie hatte schon davon gehört, aber daran geglaubt hatte sie nicht.

Linda stand die Verwirrung buchstäblich im Gesicht und Artemis brauchte ihre Gedanken erst gar nicht zu lesen, um zu wissen, was sie dachte. „Ich weiß, du glaubst es nicht, aber ich bin auch ein Außerirdischer wie Xwendrin, den ihr David nennt. Ich wusste, dass du im Dienst erschossen werden wirst und deshalb wurde ich ausgewählt dich zu beschützen, damit du auch die Chance erhältst ein neues Leben zu beginnen. Eigentlich hast du heute ein zweites Mal Geburtstag, denn wenn ich nicht gewesen wäre, wärst du jetzt tot. Wir wussten, dass es in nächster Zeit passieren würde, aber nicht genau wann. Deshalb haben wir deinen Vorgesetzten durch Telepathie beeinflusst mich als deinen neuen Partner einzuteilen."

Nun war Linda ganz verwirrt, schon wieder einer der behauptete ein Außerirdischer zu sein, ob vielleicht doch etwas Wahres daran war? Gab es wirklich Außerirdische? Irgendwie hatte sie ja gleich gespürt, dass etwas an Artemis anders war. Außerdem musste sie zugeben, dass das, was vorhin geschehen war, schon etwas merkwürdig war. Jeder andere hätte nicht so schnell reagiert! Sollte Joe doch recht haben, wenn sie sagte, dass es Außerirdische gab und außerdem hatte Joe ihr ja prophezeit, dass sie im Dienst erschossen werde.

Artemis riss Linda aus ihren Gedanken: „Du schuldest mir etwas für deine Rettung! Wie wär's mit einem Abendessen?" Linda war zwar immer noch etwas verwirrt, sagte aber gerne zu.

Schlagartig wurde Linda etwas bewusst! Wenn er all ihre Gedanken lesen konnte, wusste er sicher auch, was sie gestern gedacht hatte, als sie sich das erste Mal begegnet waren. Und sie wurde rot und verlegen. Artemis konnte zwar Gedanken lesen, aber er konnte diese Fähigkeit kontrollieren und sie nur dann einsetzen, wenn er wollte. Sobald er mit Linda alleine war, setzte er diese Fähigkeit ihr gegen über nicht ein. Er empfand sich als Eindringling in ihre Privatsphäre, denn Gedanken waren etwas sehr persönliches und das respektierte er. „Linda", sagte Artemis noch einmal. „Was ist los mit dir?"

„Wieso fragst du, wenn du angeblich meine Gedanken lesen kannst!?"

„Ich kann deine Gedanken lesen, wenn ich es will, aber das mache ich nur, wenn ich diese Fähigkeit brauche und nicht zu meinem Vergnügen", antwortete Artemis.

„Soll das heißen, du weißt nicht über meine Gedanken Bescheid? Auch nicht die, die ich hatte, als wir uns zum ersten Mal begegnet sind?"

„Na ja, ich muss zugeben, dass das schon verlockend war, als du so verwirrt ausgesehen hast bei unserer Begegnung, aber ich habe es nicht getan." Das beruhigte Linda ungemein, denn es werde höchst peinlich gewesen, hätte er damals ihre Gedanken gelesen. Aber sie war sich immer noch nicht sicher, ob sie glauben sollte oder nicht, dass er ein Außerirdischer war. Artemis hätte nun zu gern ihre Gedanken gelesen, um zu wissen, wieso ihr das so wichtig gewesen ist, was sie wohl über ihn gedacht hatte? Aber er konnte nicht, denn das ging gegen seine Prinzipien. Zumindest was Linda betraf, da auch ihm diese Frau gefiel, vor allem, seit er wusste, dass sie sich so sehr für Frieden und Gerechtigkeit einsetze und ihr Ziel Kriminalpolizistin zu werden so vehement verfolgte. Schade nur, dass sie nie die Gelegenheit bekam ihr Ziel zu erreichen. Aber sie würde auf dem neuen Planeten sicher auch gute Dienste leisten können, denn wo es viele Menschen gab, dort gab es auch Streit, Neid, Eifersucht und all das, was er auf seiner Welt nicht kannte, aber es gab ja auch keine Liebe.

Als Artemis Linda neuerlich fragte, ob sie mit ihm zum Abendessen ginge, war sie damit einverstanden mit der Bedingung, dass er nicht versuchen werde ihre Gedanken zu lesen. Gegen Abend, als ihre Schicht beendet war, schaltete sie ihr Handy wieder ein, und sofort piepste es, sie hatte eine Nachricht auf der Mailbox. Es war Joe, die sich schon Sorgen gemacht hatte um Linda. Also rief sie sie zurück. Joe erklärte ihr, dass sie schon den ganzen Tag ein ungutes Gefühl hatte und dass sie froh war ihre Stimme zu hören, da sie immer an diese schreckliche Vision denken müsse. Linda erklärte ihr, dass sie nun keine Angst mehr um sie haben brauche und erzählte ihr, was an diesem ereignisreichen Tag alles geschehen war. Als Joe alles gehört hatte, fragte sie natürlich sofort, ob sie nun an Außerirdische glauben würde. Doch Linda konnte ihr darauf noch keine Antwort geben, sie schwankte noch immer zwischen ja und nein. Da erzählte ihr Joe, wie David es geschafft hatte ihre Familie zu überzeugen und meinte, dass es ihrer Familie gleich ergehen würde. Linda meinte, dass das alles zu unglaublich klinge, um wahr zu sein. Da musste ihr Joe beipflichten und sagte, dass es ihr immer noch genauso erginge und sie es auch oft nicht glauben könne. Aber es sei nun mal die Wahrheit, denn wie hätten sie es sonst fertig gebracht ihre Familie zu überzeugen und vor allem wieso sollten sie Geld verschenken, um Dinge zu besorgen, die sie sonst nicht brauchen würden. Das leuchtete Linda zwar ein, aber sie war trotzdem etwas misstrauisch, obwohl sie zugeben musste, dass sie der Gedanke an ein völlig neues Leben reizte. Joe redete zum Schluss noch einmal auf sie ein, sie solle endlich daran glauben und sich entschließen mitzukommen. Linda konnte nichts versprechen, sie sagte nur, dass sie es sich überlegen würde und sie erst einmal etwas Zeit brauche, um alle Ereignisse zu „verdauen", denn allein der heutige Tag war für sie ein einschneidendes Ereignis gewesen. Damit gab sich Joe erst einmal zufrieden, aber mit der Bitte, dass sie sich nicht zu lange Zeit lassen solle. Linda war einverstanden und so verabschiedeten sich die Freundinnen voneinander.

Am nächsten Tag konnte sich Joe nun in Ruhe auf ihre Aufgabe konzentrieren geeignete Pferde auszusuchen. Das war nicht so einfach. Zuerst durchforstete sie alle ihre Pferdebücher, um geeignete Rassen auszusuchen. Da sie sehr viel über Pferde wusste, waren diese schnell gefunden. Ein Arbeitspferd, ein Reitpferd und eine sehr anpassungsfähige Rasse sollten es sein. Für den Hengst beschloss sie ein Shire Horse zu nehmen, diese waren sehr groß und kräftig gebaut und eigneten sich hervorragend für den Transport schwerer Lasten. Eine Haflinger Stute dieser Rasse hatte mehrere positive Eigenschaften: als Reittier sehr gut geeignet vor allem für Anfänger, sehr sanftmütig, nicht sehr groß und auch für landwirtschaftliche Arbeiten gut zu gebrauchen. Diese wollte sie mit einem Hengst der Rasse Islandpferde decken, weil diese besonders widerstandsfähige Pferde waren, die auch wiederum sehr klein und gutmütig und für Kinder besonders gut geeignet waren. Als Drittes wollte sie eine Lipizzaner Stute, das war schon immer ihr Traumpferd gewesen und es war gut zum Reiten und auch für Kutschen geeignet. Diese wollte sie mit einen Pinto Hengst decken lassen, da diese Rasse von den Indianern als Reitpferde sehr geschätzt waren und dort mussten sie bei jedem Wetter im Freien sein, also war auch diese Rasse eine gut geeignete Art, um eine neue Rasse zu züchten, denn das würde unweigerlich der Fall sein bei fünf verschiedenen Pferderassen. Gerne hätte sie jetzt schon gewusst, wie diese neue Art dann aussehen würde. Aber vielleicht oder wahrscheinlich würden sich im Laufe der Zeit mehrere Rassen daraus entwickeln. Außerdem würden auch das Klima und die neue Umgebung eine große Rolle spielen. Aber bis es so weit war, würde noch so viel Zeit vergehen, dass es erst ihre Enkel oder Urenkel erleben würden, wenn sie jemals Kinder haben sollte. Doch der Gedanke, dass sie diejenige war, die eine neue Pferderasse auf einen neuen Planeten züchten würde, der stimmte sie sehr zufrieden. Nun musste sie sich nur an jemanden wenden, der ihr bei der Auswahl der geeigneten Tiere half. Denn so gut, dass sie einwandfrei sagen konnte, dass die Tiere in einem erstklassigen Gesundheitszustand waren, kannte sie sich nicht aus. Sie überlegte, wer ihr helfen könne, es musste jemand sein, dem sie auch vertrauen konnte. Schließlich fiel ihr ihre ehemalige Reitlehrerin ein. Sie studierte Tiermedizin und besaß sogar ein eigenes Pferd. Da Joe seit ihrem Unfall, der nun schon einige Monate zurücklag, den Reitstall nicht mehr betreten hatte, hoffte sie, dass Jennifer, ihre ehemalige Reitlehrerin, noch dort arbeitete und bereit war ihr zu helfen. Also telefonierte sie mit dem Reitstall und erfuhr, dass Jennifer immer noch dort arbeitete; da sie aber im Moment gerade eine Reitstunde abhielt, konnte sie nicht ans Telefon kommen, allerdings war man gerne bereit ihr etwas auszurichten. Joe bat darum, dass man sie zurückrufen möge und gab ihre Telefonnummer durch. Danach beendete Joe dankend das Gespräch.

Schon eine halbe Stunde später rief Jennifer zurück. Diese war sehr neugierig, was Joe von ihr wollte, da sie sie seit ihrem Unfall nicht mehr gesehen hatte. Als Joe ihr alles erklärte, war diese sofort einverstanden ihr zu helfen, denn irgendwie fühlte sie sich mitschuldig an Joes Unfall, da sie damals die Reitstunde abhalten sollte, es jedoch nicht getan hatte, weil sie kurz zuvor einen Streit mit dem Besitzer des Reitstalles hatte und deshalb der Besitzer persönlich die Stunde abhielt. Er hatte damals Joes Reitkünste unterschätzt und ihr ein anderes Pferd zugeteilt hatte als das, was sie bereits gewohnt war. Hätte sie damals wie vereinbart die Reitsunde abgehalten, wäre der Unfall vielleicht nie passiert und Joe hätte wie geplant ihr erstes Reitabzeichen machen können. Deshalb war Jennifer froh Joe den Gefallen tun zu können und sich so bei Joe zu entschuldigen. Doch Joe hatte es Jennifer nie nachgetragen, sie war nicht schuld an ihrem Unfall. Die beiden verabredeten sich und Jennifer war auch gerne bereit sie von zu Hause abzuholen, da Joe mit ihrem verletzten Bein nach wie vor kein Auto steuern konnte. An kommenden Montag wollten die beiden sich treffen und alles erledigen. Jennifer wollte sich inzwischen mit den verschiedenen Zuchtbetrieben in Verbindung setzen, denn durch ihre Arbeit im Reitstall und als zukünftige Tierärztin hatte sie gute Verbindungen. Joe konnte es kaum erwarten, dass es Montag wurde. Sie freute sich sehr wieder in die Nähe von Pferden zu kommen, auch wenn sie noch nicht reiten konnte. Alleine der Anblick von Pferden genügte ihr, trotz ihrer schweren Verletzung hatte sie nie einen Gräuel gegen diese Tiere. Sie liebte sie nach wie vor.

Endlich war der Montag gekommen und voller Ungeduld wartete sie darauf, dass Jennifer kam. Da es ein ausgesprochener milder Oktober war, konnte sie im Freien auf Jennifer warten. Endlich, nach einer endlosen halben Stunde, tauchte Jennifer auf, um Joe zu holen. Sie hatte sich etwas verspätet, da sie nicht gleich den richtigen Weg gefunden hatte, weil Joe in einer etwas versteckten Gegend wohnte. Die beiden waren den ganzen Tag unterwegs und besuchten die verschiedensten Zuchtbetriebe, bis sie alle Tiere gefunden hatten, die ihren Vorstellungen entsprachen. Nun war Joe sehr froh, dass sie ihre beiden Krücken doch mitgenommen hatte, obwohl sie sie ursprünglich zu Hause lassen wollte, da sie meinte, es ginge ihr bereits so gut, dass sie sie nicht mehr brauche. Aber gegen späten Nachmittag begann ihr Fuß doch sehr stark zu schmerzen, sodass sie froh war sich auf ihre beiden Gehhilfen stützen zu können. Joe hatte Jennifer gesagt, dass sie die Tiere für einen Bekannten besorgen müsse, der selbst keine Zeit hatte, was Jennifer sehr ungewöhnlich erschien, aber Joe fragte in jedem Betrieb, den sie besuchten, so viel über Zucht und Haltung und notierte sich einiges, sodass Jennifer schon meinte, Joe wolle selbst die Pferde züchten. Doch Joe sagte nur, dass sie sich so genau informiere, weil sie vielleicht später sich selbst einmal ein Pferd kaufen wolle, wenn sie nach ihrer Gesundung einen gut bezahlten Job finde. Außerdem schade es nicht alles Wissenswerte über Pferde zu lernen, vielleicht könne sie ja sogar selbst einmal in einem Stall arbeiten. Eigentlich war es Jennifer egal, was Joe aus ihrem Wissen machte, sie war nur froh, dass Joe ihr den Unfall nicht nachtrug.

Die Besitzer der Pferde wurden angewiesen sich sofort bei Joe zu melden, wenn die Stuten rossig wurden, denn Joe traute den Besitzern nicht; sie wollte die Tiere erst bezahlen, wenn sie auch wirklich gedeckt waren und die Gewissheit konnte sie nur erlangen, sofern sie die Deckung mit eigenen Augen gesehen hatte. Die Besitzer waren einverstanden, weil es schließlich um ihr Geld ging. Gegen 9 Uhr abends erst war alles erledigt und die beiden konnten sich auf den Heimweg machen. Jennifer fragte Joe noch, ob der angebliche zukünftige Besitzer nicht mehr Pferde als einen Hengst und zwei Stuten benötige. Joe aber meinte, dass das vollauf genüge. Gegen 10 Uhr abends verabschiedeten sich die beiden voneinander und Joe bedankte sich noch einmal herzlich bei Jennifer für ihre Mithilfe und versprach sich einmal bei ihr zu melden. Joe ging an diesem Abend besonders zufrieden ins Bett und träumte von ihrer zukünftigen Pferdefarm, auf der es nur so von den unterschiedlichsten Pferden wimmelte.

Während Joe im Land der Träume war, hatte Linda Nachtdienst. Da nichts Besonderes los war, konnte sie in der Zentrale bleiben und Berichte schreiben. Aber irgendwie konnte sie sich nicht so recht darauf konzentrieren, ihre Gedanken schweiften immer wieder ab. Artemis spukte in ihrem Kopf herum. Sie war froh, dass sie heute nicht wieder gemeinsam Dienst hatten. Denn seine Worte vom Gedankenlesen und dass er ein Außerirdischer sei, spukten in ihrem Kopf herum. Irgendwie wollte sie ihm gerne glauben, aber ihr Verstand sagte immer wieder nein, das ist unmöglich. Aber wie viele unmögliche Situationen hatte sie schon erlebt in ihrem Leben bzw. in ihrem Beruf? Aber noch hatte sie ja Zeit es sich zu überlegen, denn wenn das stimmte, was Artemis und auch Joe sagten, so würden sie erst Silvester abfliegen und jetzt war erst Anfang Oktober. Am Wochenende, so hatte sie Artemis versprochen, würden sie gemeinsam zum Abendessen gehen. Dort würde er sicher wieder versuchen sie zu überzeugen. Artemis, wenn sie nur an ihn dachte … Hätte er nicht behauptet, er sei ein Außerirdischer, so hätte sie sich mit ihm durchaus eine Beziehung vorstellen können, obwohl sie sich geschworen hatte die nächste Zeit keine Beziehung mehr einzugehen. Er hatte irgendetwas an sich, das sie magisch anzog. Sie konnte nur nicht sagen was. Als Linda am nächsten Morgen ihren Dienst beendet hatte und müde ihren Heimweg antrat, erwachte Joe bereits aus einem tiefen und erholsamen Schlaf. Als Joe aus ihrem Zimmer

Fenster blickte, sah sie, wie ihre Mutter gerade dabei war ihre Pflanzen aus dem Freien für den Winter in das Haus zu tragen. Isabell, Joes Mutter, war ein ganz besonderer Pflanzenfreund und hatte den sprichwörtlichen grünen Daumen. Eigentlich hätte sie sich die Arbeit sparen können, denn in ein paar Monaten waren sie sich sowieso selbst überlassen. Doch Isabell konnte es nicht mitansehen, wenn der erste Reif alles zunichtemachte. Als Joe ihre Mutter eine Weile beobachtete, kam ihr die Idee alle nur erdenklichen Samen zu kaufen, da sie ja nicht wussten, was sie dort auf dem neuen Planeten erwartete. Blumen hatte nicht nur ihre Mutter gerne, sondern auch Joe. Also beschloss sie, sobald sie die Gelegenheit hatte, in die Stadt zu gehen, ihre gesamten Ersparnisse aufzubrauchen und sich mit Sämereien einzudecken. Gegen Mittag, als Joe ihre Mutter in der Küche half, kamen die beiden auf das Thema zu sprechen und Joes Mutter meinte, sie habe schon dasselbe gedacht, vor allem aber sollten es Gemüsesamen sein, denn selbst wenn es Derartiges auf dem neuen Planeten gab, so müsste man dies erst kennenlernen und deshalb sei es einfacher zumindest am Anfang sich auf das Gemüse zu konzentrieren, das sie bereits kannten. Man hoffte nur, dass sich die Samen auch dort gut entwickeln würden, denn schließlich kannte man die Bodenbeschaffenheit und das Klima nicht! Aber man wollte es auf jedenfalls riskieren. Also fuhr man am Nachmittag in die Stadt und setzte den Plan in die Tat um. Auch andere Dinge wie Spaten und Rechen wurden gekauft und Gießkannen durften auch auf keinen Fall fehlen. Als sie diese Dinge dann bezahlten, wurden sie von der Kassiererin erst einmal verdutzt angeschaut. Es war sehr ungewöhnlich, dass jemand Sachen für die Frühjahrsbepflanzung im Oktober kaufte und noch dazu einen ganzen Einkaufswagen voll Samen. Isabell und Joe blieben die verwunderten Blicke der Verkäuferin natürlich nicht verborgen.

Also sagte sie, sie würden auswandern in ein wärmeres Klima und sie wollen sich lieber auf Produkte verlassen, die sie schon kannten.

„Komisch", meinte die Verkäuferin, „vorige Woche war auch ein junges Ehepaar hier, das fast die gleichen Dinge gekauft hat wie

Sie, und es behauptete auch, dass sie auswandern würden. Wohin geht es denn, wenn ich fragen darf?", fragte die Verkäuferin.

Jetzt hieß es sich schnell was einfallen lassen. „Italien!", sagte Joe schnell ganz am unteren Ende. „Ich werde dort heiraten."

„Gratuliere", meinte die Kassiererin. Zum Glück hatte diese keine Zeit noch weitere Fragen zu stellen, denn hinter ihnen hatte sich bereits eine Schlange von Kunden gebildet, die auch alle bedient werden wollten. Als die beiden das Geschäft verließen, meinten sie, dass das wohl auch welche waren, die auserwählt wurden bei dem „Regierungsprogramm" mitzumachen und deshalb offensichtlich auch so gedacht hatten wie sie. Als sie alles eingeladen hatten, wollte Joe noch zum Büro der Bezirksleitung. Sie wollte eine Anzeige aufgeben, denn sie wollte sich auch noch eine Katze zulegen, und zwar eine Albino, denn Joe war fasziniert von dem weißen Fell und den blauen Augen. Eins wusste Joe ganz genau, eine Katze sollte auf jeden Fall noch mit. Wenn sie keine Albino bekam, so sollte es eine gewöhnliche Hauskatze sein, aber eine Katze wollte sie auf jeden Fall. Das hatte sie sich schon immer gewünscht, eine Katze oder einen Hund, und natürlich ein Pferd. Auf dem neuen Planeten würde sie wahrscheinlich nicht mehr mit ihren Eltern zusammenwohnen. Da brauchte sie natürlich Gesellschaft und was wäre besser geeignet als eine Katze. Da Joes Familie jeden Tag mit neuen Ideen kam, was man noch alles mitnehmen wolle, beschloss man eine Liste aufzuhängen, in der alles eingetragen wurde, was noch zu besorgen oder bereits vorhanden war. Da bis auf Isabell und Joe alle anderen ihrer Arbeit weiterhin nachgingen (denn man konnte das Geld ja gut brauchen für Besorgungen), blieben die Besorgungen meist den beiden überlassen. Was wiederum die beiden Kleinen freute, da sie da immer mit in die Stadt durften und da fiel meist auch eine Kleinigkeit für sie ab.

Die Tage vergingen wie im Flug, da man immer sehr beschäftigt war. Der Samstag war gekommen und Joe freute sich sehr darüber, denn am Nachmittag sollte sie sich wieder mit David treffen. David holte Joe diesmal persönlich von zu Hause ab, um ungestört alle ihre Fragen zu beantworten. Als allererstes wollte Joe von David wissen, ob sie Linda schon dazu gebracht hätten mitzufliegen. Doch leider konnte ihr David diese Frage nicht beantworten, er wusste zwar, dass man ihr das Leben gerettet hatte und sie schon wusste, dass auch Artemis, ihr neuer Kollege, ein Außerirdischer war, aber auch das hatte Linda nicht 100%ig überzeugen können. Das betrübte Joe etwas, aber David sagte, dass heute Abend jemand zu Lindas Familie gehen und auch sie überzeugen werde mitzufliegen und dann werde sicher auch Linda damit einverstanden sein und mitkommen. Das beruhigte Joe einigermaßen, sie hatte großes Vertrauen in David und seine Landsleute, auch wenn sie bis jetzt erst David etwas näher kennengelernt hatte. Joe erzählte David voller Begeisterung, dass sie bereits die Pferde gekauft und alles für ihre Deckung in Auftrag gegeben hatte. David, der von Joes Begeisterung angesteckt wurde, bot sich an sie zu fahren, wenn es denn so weit sei mit der Deckung. Das Angebot ließ sich Joe natürlich nicht entgehen und sagte sofort begeistert zu. Sie war so gerne in Davids Nähe. Obwohl ihr bewusst war, dass David ihre Gefühle nie erwidern würde, so konnte ihr Herz die Hoffnung nicht aufgeben. Außerdem, so sagte sie sich, wenn sie David nicht mehr sehen würde, könnte sie ihn leichter vergessen. Die beiden verbrachten noch einen schönen Nachmittag miteinander und besuchten viele Plätze, die Joe noch aus ihrer Kindheit kannte. Da das Haus, das sie als Kind bewohnt hatte und in einem anderen Ort stand. David verstand ganz gut, dass sie noch alles sehen wollte, was sie von der Kindheit kannte, um sich noch ein letztes Mal an diese Zeit zu erinnern.

Linda war zu dieser Zeit gerade damit beschäftigt sich für den Abend herzurichten. Denn sie sollte später von Artemis zum Abendessen abgeholt werden und sie musste zugeben, dass sie aufgeregt war.

Pünktlich um 5 Uhr abends läutete die Klingel an ihre Wohnungstür. Linda fragte noch an der Gegensprechanlage, wer es den sei, denn selbst wenn man Besuch erwartete, war es oft jemand anderes, der auch ins Haus wollte. Aber es war wie vereinbart Artemis. Linda, die bereits auf ihn gewartet hatte, bat um einen Moment Geduld, dann würde sie nach unten kommen. Als Linda kam, bat er sie in sein Auto und meinte er, hätte noch eine Überraschung für sie, bevor sie zum Abendessen gingen. Linda vertraute Artemis und so ließ sie die Stunde Autofahrt über sich ergehen, obwohl sie mehrmals fragte, wo es denn hingehe. Doch Artemis antwortete immer wieder, es sei eine Überraschung und sie werde schon sehen. Die beiden fuhren aus der Stadt und die Umgebung wurde immer ländlicher. Die Straßen immer schmaler und schließlich befanden sie sich nur mehr auf einem Feldweg, wo rings um sie nur Wald und Felder waren. Weit und breit war kein Haus mehr zu sehen und Linda ahnte nichts Gutes! Alleine mit ihm mitten in der „WILDNIS"!? Nein! Er würde doch nicht versuchen sie zu verführen? Er war sehr kräftig, und obwohl sie gut ausgebildet war und sich gut verteidigen konnte, so hatte sie doch etwas Respekt vor ihm. Was sollte sie machen, wenn er versuchen würde sich an ihr zu vergehen? Was, wenn sie die Flucht vor ihm ergreifen musste? Wo sollte sie hin? Hier war weit und breit nichts zu sehen! Schließlich ging die Fahrt noch durch ein kurzes Stück Wald, wo auf einer Lichtung eine alte Scheune stand. Dort hielt Artemis. Er spürte Lindas Anspannung, aber er versuchte nicht ihre Gedanken zu lesen. Artemis meinte, sie brauche keine Angst zu haben, er würde ihr nur etwas zeigen. Genau das war es, was Linda beunruhigte, nämlich was er ihr ihre an so einem verlassenen Ort zeigen wolle. Aber sie stieg trotzdem aus und ließ sich von ihm in die Scheune führen. Dort angekommen traute sie ihren Augen nicht: Es sah aus wie eines dieser Shuttles, die sie schon im Fernsehen gesehen hatte in Sci-Fi-Filmen. Entweder gab er sich alle Mühe sie davon zu überzeugen, dass er wirklich ein Außerirdischer sei, oder er sagte die Wahrheit. Nein, da musste er ihr schon mehr bieten, dass sie sich überzeugen ließ, dachte sich Linda. David wusste, dass er sie selbst damit noch nicht richtig überzeugen konnte, also ging er zu dem Shuttle und bediente eine Art Türknopf. Daraufhin meldete sich jemand mit dem Namen Mikron. David bat darum diese zwei Personen hochzubeamen. Nun lief alles wie im Film vor Lindas Augen ab. Sie wusste nicht, wie und was mit ihr geschah, aber auf einmal befand sie sich in einem Raum, der wirklich wie ein Raumschiff aussah.

„Ich sagte doch, du brauchst keine Angst zu haben", sagte neben ihr Artemis. „Glaubst du mir jetzt, dass ich nicht einer von euch bin?"

„Na ja", sagte Linda, „es fällt mir schwer dir zu glauben, aber es wirkt alles so echt!"

Artemis seufzte. „Du bist wirklich sehr schwer zu überzeugen, aber glaube mir, das ist alles echt. Ich werde jetzt mit dir eine Schiffsführung machen und dir die Quartiere zeigen. Auch die Transporträume, wo wir die Tiere unterbringen, die wir auch mitnehmen. Glaube mir, das alles vorzuspielen, um dich zu überzeugen, wäre zu viel Mühe gewesen und außerdem was hätte ich davon? Du bekommst sogar Geld von uns, damit du alles das, was du brauchst, mitnehmen kannst. Also was soll deiner Meinung nach geschehen? Du brauchst deinen Job nicht aufgeben, du brauchst nichts zu zahlen, du brauchst auch keinen Vertrag zu unterschreiben! Alles, was wir von dir verlangen, ist, dass du am Abreisetag da bist und mitkommst. Auch deine Katze nehmen wir mit. Wir verlangen von keinem, dass er sein Haustier zurücklässt. Selbst wenn es ein so unnützes Tier wie ein Hamster ist. Jeder, der will, darf sich sein Tier mitnehmen."

Nun musste selbst die skeptische Linda zugeben, dass er recht hatte. Sie hatte nichts zu befürchten, selbst wenn er ein Schwindler war! Sie brauchte sich lediglich Urlaub nehmen und ihre Sachen packen. Denn sollte er ein Schwindler sein, könne sie nachher ihren Job wieder aufnehmen, als wäre nichts geschehen. Es wäre zwar sehr peinlich, wenn sie als Polizistin auf einen Schwindler reinfallen würde, jedoch brauchte ja keiner davon etwas erfahren. Wenn er jedoch kein Schwindler war, so könnte sie sich ein neues Leben aufbauen, denn schließlich würde ihre Familie auch mitfliegen. Aber da fiel ihr ein, was war mit ihrer Großmutter? Sie war nicht mehr die Jüngste und würde vom Siedlungsprogramm nicht gerade von Nutzen sein. Arbeiten konnte sie nicht mehr viel und Kinder konnte sie auch nicht mehr bekommen. Sie hing sehr an ihrer Großmutter und wollte sie auf keinen Fall alleine zurücklassen. David spürte, dass sich Linda Sorgen machte, und da er ihre Gedanken nicht lesen wollte, fragte er sie, was denn los sei mit ihr.

„Na ja, mal angenommen, ich glaube dir, was wird dann aus meiner Großmutter? Sie wird euch schließlich nicht von großem Nutzen sein. Sie ist nicht mehr die Jüngste."

Artemis lachte. „Ihr Menschen glaubt immer, im Alter seid ihr nichts mehr wert, aber genau das ist ein großer Irrtum. Eine Frage: Hat deine Großmutter den Krieg miterlebt?"

„Ja", antwortete Linda.

„Na, dann hast du deine Antwort. Sie weiß besser, wie man überlebt, wenn man nur wenig hat als manch junger Mensch. Diese Lebenserfahrung wird euch von sehr großem Nutzen sein. Keine Angst, ob jung oder alt, die Familien der Auserwählten dürfen alle mit. Aber nur der engste Familienkreis. Wir können nicht alle Tanten und Onkeln und deren Verwandte erlauben, das wären zu viel, denn wir können nur eine begrenzte Anzahl an Menschen und Tieren mitnehmen. Bei Tieren jedoch bevorzugen wir es paarweise. Denn auch diese haben das Recht auf Fortpflanzung. Außer Tiere wie Hamster oder Mäuse! Sie sind euch nicht nützlich und würden sich zu sich zu stark vermehren! Auch Reptilien möchten wir wenn möglich nicht mitnehmen! Wir sehen keinen Sinn diese Tiere als Haustiere zu halten! Aber auf gar keinen Fall erlauben wir giftige Tiere wie Schlangen und Spinnen! Sollte jemand so ein Tier als Haustier halten, muss er sich leider davon trennen!"

Linda war zwar immer noch nicht ganz überzeugt, jedoch erklärte sie sich einverstanden mitzukommen. Jedoch wollte sie noch wissen, wieso gerade sie auserwählt wurde.

„Na ja, du hast aufgrund deines Berufes sehr viel Erfahrung im Umgang mit den verschiedensten Menschen und es besteht immer die Gefahr, dass es zu Streit kommt, wenn viele verschiedene Menschen zusammenleben. Du sollst als eine Art Richter dort fungieren und außerdem kannst du Kinder in Verhaltensregeln unterrichten. Deine Mutter versteht viel vom Nähen und dein Vater versteht was vom Bauen von Häusern. Dein Bruder ist jung und kräftig und wird sicher gute Arbeit leisten können. Während deine Großmutter aus ihrer Erfragung im Krieg sicher die einfachen Gerichte zubereiten kann aus wenig Zutaten. Du siehst, es werden alle einer sehr nützlichen Beschäftigung nachgehen können."

Die Wohnquartiere, die ihr gezeigt wurden, waren sehr groß, sie bestanden aus einem größeren Wohnraum und aus drei bis vier Schlafräumen und einem Bad und Duschraum. Hier würden die Familien gemeinsam wohnen während der Reise, die doch vier Monate dauern würde. Auch die Transporträume waren sehr groß und mit vielen technischen Raffinessen wie Laufbänder in den verschiedensten Größen für die Tiere, damit sie nicht unter Bewegungsmangel leiden mussten, ausgestattet. Außerdem gab es eine Kompostmaschine für alle Abfälle, egal ob es Mist von den Tieren oder Küchenabfälle, allem wurde die komplette Feuchtigkeit entzogen und es danach zu einem Pulver zerkleinert, das wiederum wurde in dem Gewächshaus, das es auch gab, zum Düngen verwendet. Es war wichtig sich auch von frischem Obst und Genüsse zu ernähren. Auch ein kleiner Bienenstock kam noch dazu, damit die Pflanzen auch bestäubt werden konnten. Es traf sich gut, dass Eddi, einer der auserwählten Siedler, ein Hobbyimker war und selbst einige Bienenstöcke besaß. Nachdem sie alles besichtig hatten, wurden sie wieder hinunterteleportiert. Als sie unten angekommen waren, fragte Linda, wieso sie ein Shuttle hier hatten, wenn sie doch teleportieren konnten?

„Na ja, das ist einfacher, wenn wir Tiere oder Werkzeuge transportieren. Es ist besser alles auf einmal zu transportieren als jedes einzeln."

Das leuchtete Linda ein, aber sie wollte auch noch wissen, wie es denn möglich war, dass sie niemand bemerkte, denn schließlich wurde der gesamte Flugverkehr überwacht.

„Das ist ganz einfach, wir haben eine Vorrichtung, die alles tarnt. Auch das beste Radar wird abgeschirmt, sodass nie jemand bemerkt, wenn wir starten oder landen, und auch unser Schiff, das seit einem Jahr, seit wir hier sind und euch beobachten, um die Erde kreist, kann niemand erkennen.

Da ich es nun geschafft habe dich zu überzeugen mitzukommen, werden wir erst einmal gemütlich zu Abend essen. Danach werden wir uns mit einer unserer Landsmännin treffen und zu deiner Familie fahren und sie überzeugen. Auch bei deiner Familie werden wir die List anwenden mit dem Regierungsprogramm. Bei ihnen wird es leichter sein sie zu überzeugen, dass sie für ein Regierungsprogramm ausgewählt wurden, da du ja für den Staat arbeitest."

Linda war einverstanden, sie hoffte nur, dass ihre Familie auch zu Hause sein würde. Zuerst gingen die beiden in ein gemütliches China-Restaurant. Artemis wusste von Lindas Vorliebe für chinesisches Essen. Als die beiden mit dem Essen fertig waren und gerade zahlen wollten, kam eine junge Frau auf die beiden zu. Artemis hatte sie bereits erwartet. Es war Chantal, die ihnen bei ihrem Vorhaben helfen würde. Also verließen sie zu dritt das Lokal. Danach fuhren die drei zu Lindas Großmutter, die auf einen alten Bauernhof wohnte. Sie wurde als Erste in die Pläne eingeweiht und es war nicht schwierig sie zu überzeugen mitzukommen. Danach fuhren sie weiter zu Lindas Eltern, wo gerade ihr Bruder mit seiner Freundin zu Besuch war. Auch sie waren nicht schwer zu überzeugen, aber das war auch nicht verwunderlich, schließlich hatte Chantal ganze Arbeit geleistet und kräftig mitgeholfen. Als sie wieder zurück zu Lindas Wohnung kamen, war es sehr spät geworden und so verabschiedete man sich und ging seiner Wege.

Linda beschloss nach langem Nachdenken schon am nächsten Tag Joe anzurufen und sie zu fragen, was sie alles besorgen würde. Als Joe den Anruf von Linda bekam, war sie sehr froh zu hören, dass sie sich endlich entschlossen hatte mitzukommen. Sie gab auch gerne Auskunft darüber, was sie alles beabsichtige mitzunehmen. Linda meinte, das sei eine sehr gute Idee mit den Samen und auch mit der Katze, die sie mitnehmen wollte, darüber würde sich ihre Katze Justin besonders freuen, vor allem, wenn dies ein Weibchen war. Auch sagte Linda, sie müsse sich einen schönen Vorrat an Katzenfutter mitnehmen, da ihre Katze ziemlich verwöhnt sei. Da hatte Joe die Idee sich einen großen Käfig zuzulegen und Mäuse zu züchten, denn schließlich musste der verwöhnte Wohnungs-Kater lernen sich später selbst seine Nahrung zu suchen. Linda gefiel die Vorstellung nicht gerade Mäuse in der Wohnung zu halten, aber sie könne ja ihre Großmutter darum bitten; schließlich lebte sie auf dem Land und die alte Scheune neben ihrem Haus war geeignet dazu! Falls eine Maus entkommen sollte, wäre das kein Problem! Schließlich stand diese schon seit Jahren leer, da ihre Großmutter schon lange Witwe war und alleine lebte. Dort könne sie ja mit Justin jeden freien Tag hinfahren und sein Instinkt würde ihm schon sagen, was er mit einer Maus anfangen musste, wenn er Hunger hatte. Dass das auf Dauer die einfachere Lösung war als der Abfall von Dosen, darüber waren sie sich einig. Man hoffe nur, dass es keine Probleme gab, da Mäuse zumindest als Haustiere auf der Liste der nicht erwünschten Tiere standen! Die Telefonrechnung der beiden stieg mit jedem Tag, den der Abflug näher rückte, umso mehr gab es zu besprechen. Währenddessen wurden noch die restlichen Menschen, die auch ausgewählt wurden, auf den Abflug vorbereitet. Darunter befand sich auch ein junges Ehepaar. Eva war erst 16 und Robert 19. Eva wurde von ihren Eltern verstoßen, als sie erfuhren, dass sie schwanger war, und Robert war 19 und seit einem Jahr Vollwaise, da seine Eltern bei einem Autounfall ums Leben gekommen waren. Die beiden wurden vor allem deswegen ausgewählt, da es den beiden nicht gerade leicht gemacht wurde so jung schon Eltern zu werden. Die beiden hatten sehr viel Mühe die Erlaubnis für ihre Heirat zu bekommen, da sie noch so jung waren. Außerdem bestand die Gefahr, dass man Eva das Kind wegnahm, da sie noch sehr jung war. Denn die Eltern von Eva bestanden darauf ihren Enkel großzuziehen, wollten jedoch von ihrer Tochter nichts wissen. Als sie von dem angeblichen Regierungsprogramm erfuhren, waren sie sofort begeistert von allem wegzukommen und in Frieden zu leben, sie brauchten keine Beeinflussung.

Die beiden wunderten sich zwar ein wenig, dass gerade sie auserwählt wurden, aber die Aussicht auf ein neues Leben, ohne die Gefahr, dass man ihnen das Kind nahm, war einfach zu verlockend! Eva fiel es trotzten nicht leicht, dass sie ihre Eltern nie wiedersehen würde! Denn eigentlich hatten die beiden es ja aus ihrer Sicht nur gut mit ihr gemeint! Sie wollten halt, dass ihre Tochter Karriere machte und nicht schon so früh zur Hausfrau und Mutter wurde! Weiter kam noch eine ältere Frau mit, die ihren Enkel großzog, da ihre Tochter mit ihrem Mann bei einem Lawinenunglück ums Leben kam, während sie ihre dreijährige Enkeltochter Julia hütete. Durch den drohenden Krieg hätte sie alles getan, um ihrer Enkelin ein besseres Leben zu bieten, vor allem als sie erfuhr, dass es dort noch weitere kleine Kinder gab, mit denen sich Julia sicher gut verstehen würde. Auch wurde ein Ehepaar mit sieben Kindern ausgewählt. Sie hatten einen Bauernhof mit Rinder- und Schweinezucht, der zurzeit nicht gut lief. Dennoch zögerten Eid und Maria bei diesem Angebot, aber Chantals Beeinflussung konnten sie nicht widerstehen. Die sieben Kinder waren alle im Alter zwischen einem und zwölf Jahren, für sie war das Ganze so was wie Urlaub. Vor allem war ihnen wichtig, dass sie ihre Haustiere mitbringen durften. Jedes der größeren Kinder hatte ein eigenes Tier, um das sie sich selbst kümmern mussten (natürlich bekamen sie dabei Hilfe von ihren Eltern). Unter den Tieren befanden sich zwei Ziegen, eine Katze, der Hofhund Rex (Schäferhund) und ein Pony. Sie wurden beauftragt sich noch einen Ziegenbock, ein zweites Pony (vorzugsweise trächtig) und einen Ponyhengst zu kaufen. Davon waren die Kinder natürlich am meisten begeistert, noch mehr Tiere, auf denen sie später reiten konnten. David verschwieg ihnen auch nicht, dass noch Pferde mit auf die Reise kämen, und brachte die Kinder damit zum Jubeln, denn sie wollten schon lange ein Pferd, aber die Eltern hatten es ihnen verweigert, da sie ja bereits ein Pony besaßen und ein Pferd in der Anschaffung und Haltung teurer war. Des Weiteren wurde noch eine junge Ärztin ausgewählt, die Allgemeinmedizin studiert und sich dann auf Homöopathie spezialisiert hatte. Sie war alleinstehend und hatte weder Mutter noch Vater. Also war sie die ideale Person für dieses Projekt. Daneben wurde noch ein junger Vater ausgewählt, der mit seiner Mutter seine beiden Jungen aufzog, nachdem seine Frau bei der Geburt des zweiten Kindes gestorben war. Die beiden Jungen waren fünf und sieben Jahre. Auch eine alte Frau, die seit Jahren zurückgezogen und nur von dem lebte, was ihr die Natur bot, wurde ausgewählt. Sie wurde als alte Hexe bezeichnet, da sie sich sehr gut in Kräuterheilkunde auskannte und deshalb auch nachts bei Vollmond unterwegs war, weil gewisse Kräuter erst in einer Vollmondnacht ihre Kräfte entwickelten. Zum Schluss wurde noch ein Ehepaar ausgewählt, das zwölf Waisenkinder adoptiert hatte im Alter zwischen drei und achtzehn Jahren. Sie besaßen eine Schafzucht. Auch hatten sie zwei Hundewelpen, die gerade als Schäferhunde für das Zusammentreiben der Schafe ausgebildet wurden. Sie durften zwei trächtige Schafe und einen Schafsbock mitnehmen. Und natürlich ihre beiden Hündinnen. Diese waren zwar sterilisiert, aber ausgebildete Hüterhunde! Noch ein weiteres Ehepaar stand auf der Liste, die mit Kindern reich beschenkt waren, es waren zwölf und darunter waren zwei Zwillingspärchen, sie hatten einen Zuchtbetrieb für Legehennen und besaßen zudem noch einige seltene Hühnerrassen. Da Hühner zum Kleinvieh zählten und für die Dauer der Reise auch auf engen Raum untergebracht werden konnten, durften sie zehn Hühner mitnehmen, aber auch hier galt, dass die Hennen bereits gedeckt waren, bevor die Reise losging, und mindestens drei Hähne dabei sein sollten, um die Nachkommenschaft zu gewährleisten. Diese Familie brachte ausnahmsweise keine weiteren Haustiere mit, was David nur recht war, denn er hatte ja schon einen „kleinen Zoo" auf seiner Liste. Damit war sie aber abgeschlossen, daher musste er nur noch planen, wo wer untergebracht wurde während der Reise. Auch musste er bedenken, dass er viel Stauraum brauchen würde für das viele Gepäck, was die Siedler mitbringen würden. Auch in anderen Ländern wurde es so gemacht und ca. 60 Personen wurden ausgewählt. Jedoch wurde jede Gruppe von Menschen auf einen anderen Kontinent gebracht, damit sich jedes Volk seinen Sitten gemäß entwickeln konnte, ohne religiösen Einfluss anderer.

Durch die langen Beobachtungen hatten sich die Außerirdischen ein gutes Bild von den Menschen machen können und auch gesehen, welch großen Einfluss Religion auf einzelne Völker besaß. Dadurch waren sie der Meinung, dass jedes Volk besser für sich leben solle, da jede Glaubensgemeinschaft meinte, ihre Religion sei die einzig wahre. Durch die Trennung untereinander sollten Glaubens-Konflikte vermieden werden. Da nun alle auserwählten Personen eingeweiht waren, konzentrierten sich die Außerirdischen darauf sich für den Abflug vorzubereiten. Es wurden wöchentlich Treffen angesagt, zu denen man gepackte Dinge bringen konnte, um sie einzulagern. Diese Treffen waren in mehrerlei Hinsicht sehr beliebt. Erstens konnte man Dinge, für die man keinen Platz hatte, bereits verstauen lassen, wie Geräte, Kleidung usw. Überdies konnte man diese Treffen dazu benutzen, um sich gegenseitig kennenzulernen. Außerdem gebrauchte man sie auch, um sich gegenseitig mit Ratschlägen auszuhelfen. Jeder, der Zeit hatte, kam sehr gerne zu den Treffen, denn man kam immer wieder mit neuen Ideen nach Hause. Umso näher der Abflug kam, umso beliebter wurden die Treffen. Mitte November erhielt Joe den lang ersehnten Anruf, dass die Stuten endlich zur Deckung bereit seien. Joe rief sofort David an, damit er sie begleitete, wie er es versprochen hatte. Obwohl Joe schon wieder selbst fahren konnte, war sie sehr froh, dass David mitkam. Als die beiden im Gestüt mit den Stuten eintrafen, wurde sofort veranlasst, dass die ausgesuchten Stuten zu den ausgewählten Hengsten gebracht wurden. Dort sollten sie ca. eine Woche bleiben und danach zu der Bauersfamilie gebracht werden, die auch unter den ausgewählten war. Von dort sollten sie zu Silvester zum Raumschiff gefahren werden. Denn an dem 31. Dezember sollte der Abflug stattfinden. Auch zu einer Katze kam Joe noch. Vielmehr zu einem Kätzchen. Auf ihre Anzeige hin hatte sich leider keiner gemeldet, aber wie der Zufall es so wollte, erfuhr sie bei einem der Treffen von einem Wurf junger Kätzchen, die ein Zuhause suchten. Da sie sonst getötet werden sollten, um die weitere Vermehrung zu verhindern. Leider konnte Joe nicht alle mitnehmen. Der Wurf bestand aus fünf Kätzchen. Joe suchte sich eine aus, die fast weiß war, bis auf einen kleinen getigerten Fleck hinter dem Ohr. Es war eine Katze und das war ideal, da Lindas Katze ein Kater war. Sie nahm die Katze gleich mit nach Hause, um sie an sie zu gewöhnen. Schließlich waren bis zum Abflug nur mehr sechs Wochen Zeit.

Diese Zeit verging sehr schnell. Weihnachten war gekommen, das letzte Weihnachten auf Erden. Diese Weihnachten schenkte man gezielt Dinge, die man später sehr gut brauchen konnte. Joe zum Beispiel bekam eine Menge Bücher über Pferde, deren Zucht und Haltung. Da man sich in diesem letzten Weihnachten sehr reichlich beschenkte, war es nicht sehr verwunderlich, dass man alle Hände voll zu tun hatte, als das wöchentliche Treffen stattfand und man alles unterbringen musste. Außerdem trennte man sich noch von Dingen wie Autos, Radios, Fernsehen usw. und machte es zu Geld, selbst das Haus wurde verkauft und die Siedler verbrachten die letzte Nacht vor dem Abflug im Hotel. Das Geld wurde dann auch sofort wieder ausgeben, um noch Dinge zu kaufen, die einem im letzten Moment einfielen. Die letzte Woche vor dem Abflug konnte man täglich kommen, um etwas einzulagern und in das Schiff zu bringen. Schließlich wurde man nie mehr hierher zurückkehren und deshalb gab es sehr viel zu packen. Die letzte Woche vor dem Abflug verging besonders schnell. Da der Abflug nun vor der Türe stand, ging Joe jeden Tag zum Grab ihrer verstorbenen Großmutter, mit der sie ein besonders inniges Verhältnis hatte. Sie suchte ihren Segen für die nun folgende noch ungewisse Zukunft. Die letzte Nacht, die Joe in ihrem Bett verbrachte, träumte sie von ihrer Großmutter, so als stünde sie wirklich vor ihr und wie in Lebzeiten sagte sie zu Joe: „In Gottes Namen gehen wir." Für Joe war das eine Zeichen, dass egal, wo sie hingehen würde, ihre Großmutter immer bei ihr sein würde. Nach diesem Traum wusste Joe, dass sie sicher und gesund ihre neue Heimat erreichen würde, denn ihre Großmutter würde immer schützend ihre Hände über sie halten.

Nun war es so weit, der 31. Dezember war gekommen. Der letzte Tag war ein einziges Kommen und Gehen zur Abflugstelle. Die letzten Sachen wurden gebracht und die Tiere wurden verstaut. Als die Tiere verladen wurden, erinnerte es an die Arche Noah. Da gab es Schweine, Kühe, Pferde, Enten, Hühner, Hasen, Katzen usw. Noch am letzten Tag lernte man die restlichen Personen kennen, die bis jetzt noch nicht zu einem Treffen gekommen waren. Das alte Kräuterweiblein wurde von David abgeholt, da sie keine Fahrtmöglichkeit gehabt hatte. Und Joe und Linda fielen sich freudig in die Arme. Erst gegen 11 Uhr abends waren alle anwesend, alles verstaut und die Tiere untergebracht. Nun konnte die Reise losgehen.

3. Kapitel

Zum letzten Mal nun startete der Shuttle. Da bereits die ersten Silvesterraketen explodierten, sah es für die Insassen des Shuttles so aus, als ob sich die Zurückgebliebenen verabschieden wollten, von denen sie nun in eine neue Zukunft der Menschheit starteten. Es war ein wunderschöner Anblick, als die Neujahrsraketen am dunklen Nachthimmel ihre wunderschönen Farben hinterließen. Doch je höher der Shuttle stieg, desto seltener wurden sie. Schließlich erreichten sie die Erdumlaufbahn und sie sahen nun ein letztes Mal ihre Sonne. Dann erreichten sie das Raumschiff. Es war größer, als sie es sich vorgestellt hatten. Es öffnete sich eine Art „Garagentor" und das Shuttle konnte nun ohne Mühe hineingleiten. Als sich das Tor geschlossen hatte, durften alle aussteigen. Danach wurden ihnen ihre zugeteilten Quartiere gezeigt. Da es schon sehr spät war, wollten die Eltern die Kinder ins Bett bringen. Doch die waren nicht ins Bett zu bringen bis auf Evas Kleine. Sie schlief schon, denn sie war eine der Ersten, die auf das Schiff gebracht wurde, da sie mit ihrem Baby natürlich nicht gerade lange in der Kälte stehen konnte. Die Kinder waren alle so aufgeregt, dass sie trotz der späten Stunde noch keine Müdigkeit spürten. Es dauerte noch ca. zwei Stunden, bis auch das letzte Kind ins Bett gebracht wurde. Auch für die Erwachsenen war das Ganze sehr aufregend. Was sie natürlich nicht zeigten. Joe freute sich schon auf die Reise, denn nun konnte sie David zwei Monate lang nahe sein. Immer wieder sagte sie sich, sie solle sich keine Hoffnungen machen, was David betraf. Aber ihr Herz sagte ihr etwas Anderes als ihr Verstand. Deshalb nahm sie sich fest vor, David aus dem Weg zu gehen. Wenn das hier auf dem Schiff überhaupt möglich war. Bevor Joe an Schlaf in dieser Nacht denken konnte, musste sie einfach noch einmal nach den Tieren sehen, besonders nach den Pferden, obwohl sie wusste, dass man vor dem Start noch einmal alles kontrolliert hatte, auch die Tiere. Als sie den Laderaum, in dem die Tiere untergebracht waren, betrat, staunte sie nicht schlecht. Es sah nicht aus wie in einem Raumschiff, sondern man glaubte, man befinde sich in einem ganz normalen Stall, denn jedes einzelne Tier hatte seine Box und die waren sehr großzügig angelegt. Als sie dann vor einer der Boxen stand, in der die weiße Lipizzaner Stute untergebracht war und diese neugierig ihren Kopf aus der Box streckte, kam es Joe wie ein Traum vor. Das sollte nun eines ihrer Pferde sein. Ihr lang gehegter Traum sollte nun in Erfüllung gehen. Sie konnte es gar nicht erwarten, bis sie endlich auf dem Rücken eines der Pferde saß, um durch die endlose Natur zu reiten. Denn trotz ihres Reitunfalls hatten Pferde ihre Faszination für Joe nicht verloren! Vielleicht gab es dort auch einen Sandstrand, an dem sie entlangreiten konnte. Das war immer schon ihr Traum gewesen. Als sie so ihren Träumen nachhing, ging die Tür auf und David trat ein. Als David Joe sah, lächelte er und meinte, dass er das eigentlich hätte wissen müssen, dass sie hier war. „Ich muss zugeben, dass ich schon etwas überrascht bin. Ich wusste, dass du ein Pferdenarr bist, aber dass deine Liebe zu den Tieren so weit geht, dass du trotz der späten Stunde und des aufregend langen Tages hier bist, wo andere froh sind ins Bett zu kommen, das überrascht schon ein wenig." Joes Augen strahlten, als sie David sah und auch David fühlte sich sehr wohl in Joes Nähe. Ein unheimlich schönes warmes Gefühl durchströmte David, wenn er Joe ansah.

„Wolltest du was von mir?", fragte Joe.

„Nein, ich wollte auch noch mal nach den Tieren sehen. Ich habe Nachtschicht und muss alle zwei Stunden nach den Tieren sehen, ob alles in Ordnung ist. Aber in diesem Fall hast du das ja bereits übernommen."

„Ja", antwortete Joe, „ich könnte sowieso nicht schlafen, ohne dass ich weiß, dass alles in Ordnung ist mit den Tieren. Außerdem wollte ich mich noch einmal vergewissern, ob das auch wirklich alles Realität war und nicht nur ein Traum. Das ist alles zu schön, um wahr zu sein! Ich und zukünftige Pferdezüchterin?"

„Auch wenn du es immer noch nicht glauben kannst, das ist wahr, das sind nun deine Pferde", sagte David.

„Ja du hast recht. Es ist wahr, aber nun gehe ich endgültig schlafen, denn auch wenn ich eine Pferdenärrin bin, so will ich doch lieber in einem bequemen Bett schlafen und nicht auf hartem Stroh." David schenkte Joe noch ein Lächeln und sagte: „Gute Nacht." Joe begab sich nun in ihr Quartier und David setzte seine Überprüfungsrunde fort.

Als Joe gerade unterwegs in ihr Quartier war, traf sie Linda am Gang. „Na du Skeptikerin", sagte Joe. „Jetzt überzeugt?"

„Na ja", antworte Linda, „hab ich eine andere Wahl? Ich bin in einem Raumschiff und fliege durch den Weltraum auf einen unbekannten Planeten. Ich muss zugeben, dass ich bis zum Schluss skeptisch war, aber nun bin ich überzeugt. Ich bin schon gespannt, was uns auf dem neuen Planeten erwartet."

„Was bist du eigentlich noch auf?", wollte Joe wissen.

„Das Gleiche könnte ich dich fragen?", bekam Joe zur Antwort.

„Na ja, ich habe noch nach den Pferden gesehen", antwortete Joe.

„Und ich habe Justin gesucht." Justin war Lindas Kater, der ziemlich frech war, aber trotzdem sehr liebenswert. Die beiden Freundinnen verabschiedeten sich und gingen ins Bett. Linda meinte, Justin, der ihr aus dem Quartier entwischt war, werde von alleine wieder auftauchen.

Aber auch Joe spürte nun die Müdigkeit sehr stark und freute sich schon auf das Bett. Als sie ihr Zimmer betrat und nach ihrer Katze sah, die an ihrem Bettende ihren Schlafkorb hatte, erlebte sie eine Überraschung. Denn statt einer Katze schauten ihr vier Augen verschlafen entgegen. Justin hatte sich mit ihrer Katze offensichtlich angefreundet. Joe ließ die beiden zusammen und meinte, es wäre noch früh genug, wenn sie Linda am nächsten Morgen Bescheid sagen würde, und legte sich schlafen. Es dauerte nicht lange, da fiel sie in einen tiefen Schlaf. Kaum war sie eingeschlafen, war ihr, als ob sie jemand ganz zart berührte, wie ein Hauch, der ihre Wange berührte, ihr sanft über die Haare strich und dann mit einem leidenschaftlichen Kuss ihre Lippen berührte. Joe erwachte, setzte sich auf und sah sich im Zimmer um. Doch im Zimmer befand sich niemand außer ihr und den beiden Katzen. „War das alles nur ein Traum?", fragte sich Joe. Aber wenn es ein Traum war, wieso spürte sie den Kuss noch immer auf den Lippen? „Wahrscheinlich", dachte sich Joe, „habe ich das alles nur geträumt." Und legte sich wieder hin, um weiterzuschlafen. Sie schlief auch gleich wieder ein. Und diesmal träumte sie wirklich. Sie träumte, dass sie auf einem weißen Pferd ritt, nur saß sie nicht alleine auf diesem Pferd. Hinter ihr saß ein Mann, sie spürte, wie er ihren Körper umklammerte. Sie spürte seinen heißen Atem in ihrem Nacken. Dann sprach er zu ihr: „Ich liebe es mit dir in den Sonnenuntergang zu reiten." Die Stimme des Mannes kam Joe sehr bekannt vor, aber sie konnte nicht sagen, wer der Mann in ihrem Traum war. „Sollen wir mal absteigen?", sprach die Stimme wieder mit einem Ton in der Stimme, der ihr verriet, dass er etwas mit ihr vorhatte. Joe war damit einverstanden und freute sich auf etwas Zärtlichkeit. Er hatte die Zügel in der Hand und gab dem Pferd zu verstehen, dass es anhalten solle. Zärtlich flüsterte ihr die Stimme ins Ohr, sie solle noch auf dem Pferd bleiben, bis er abgestiegen sei, da er sie vom Pferd heben wolle. Doch dann endete der Traum abrupt. Joe erwachte. Ein Blick auf die Uhr verriet ihr, dass es nach Erdenzeit bereits 10.30 Uhr war. Gegen 12 Uhr Mittag war eine Versammlung angesetzt, in der die Arbeitsaufgaben verteilt wurden. Die beiden Katzen miauten schon ungeduldig. Justin stand schon ungeduldig an der Tür und ihre Katze Roxi schaute auf ihren leeren Napf. Joe war noch ganz erfüllt von ihrem Traum, oder war es die Vorfreude auf das Treffen mit David? Woran es auch lag, sie war heute besonders gut gelaunt. Als Erstes öffnete sie die Türen, um Justin die Freiheit zu schenken. Wahrscheinlich wollte er wieder zu Linda, um auch seinen Hunger zu stillen. Danach kümmerte sie sich um ihre Katze und füllte ihren Napf mit Futter. Noch bekam sie Katzenfutter, aber in Zukunft würde sie nach Möglichkeit Essensreste bekommen, wie sie sie auch auf der Erde bekommen hatte. Sie sollte sich nicht an das Katzenfutter gewöhnen wie Justin.

Als Joe endlich den Aufenthaltsraum betrat, war es schon nach 11 Uhr. Viele der Siedler waren versammelt und unterhielten sich über die erste Nacht auf dem Raumschiff oder was die Zukunft so bringen würde. Es war bereits ein Frühstücksbüffet aufgestellt worden. Es gab viel Auswahl an Marmeladen, da es sich viele der Hausfrauen nicht nehmen ließen, ihre selbst gemachten Marmeladen mitzunehmen. Maria, die Bäuerin, hatte sogar selbst gemachtes Brot mitgebracht, was die anderen sehr zu schätzen wussten.

Aber auch Butter war kein Problem, da es einen großen Kühlraum gab, in dem eine Menge Lebensmittel gelagert war, mit denen sie sicher die nächsten zwei Monate auskamen. Die Bauernfamilie hatte alle Masttiere für die künftige Versorgung der Besatzung gespendet. Da es einen großen Kühlraum gab, war das Aufbewahren kein Problem! Gegen 12 Uhr waren schließlich alle versammelt.

Also begann man mit der Aufteilung der Arbeiten. Jeder durfte selbst bestimmen, welche Aufgaben er übernahm.

Joe wollte natürlich bei den Tieren arbeiten, auch Edi und Maria sowie Lindas Bruder und Joes Vater wollten bei den Tieren helfen. Linda und Joes Schwester Christina wollten sich um die Kleineren unter den Kindern kümmern.

Leopoldine (die Kräuterhexe) und die junge Ärztin wollten das Glashaus übernehmen.

Joes Mutter und Lindas Mutter erklärten sich bereit in der Küche zu arbeiten.

Aber nicht nur die Erwachsenen wurden zu Arbeiten eingeteilt. Nein, auch die Größeren unter den Kindern. Für die Versorgung der Tiere wurden noch zwei der älteren Jungs und gleich viele Mädchen eingeteilt.

Für die Küche wurden ebenfalls drei Mädchen bestimmt. Auch für die Gärtnerei vier Mädchen. Nur die Kinder unter zehn Jahren wurden nicht zu Arbeiten eingeteilt.

Aber auch für sie gab es eine Art Schulprogramm. Nur mit dem Unterschied, dass sie nicht wie in der Schule im Lesen und Schreiben unterrichtet wurden, sondern in Arbeiten, die für sie in ihrem späteren Leben wichtig waren. Wie z. B. richtige Pflege und Haltung von Tieren. Oder wie man Pflanzen richtig sät und setzt und natürlich auch zubereitet. So sollten sie alle Bereiche gründlich kennenlernen, die ihnen dann auf dem neuen Planeten nützlich sein würden.

Lesen und schreiben konnten die meisten der Kinder bereits und so war es für den Moment wichtiger den Kindern die wichtigsten Arbeiten zu lernen. Dieses Schulungsprogramm lief nur während des Fluges. Wenn sie den Planeten erreicht und sich dort angesiedelt hatten, wollten sie eine Schule bauen und die Kinder im Lesen, Schreiben und Rechnen unterrichten. Die Kinder wussten das und hofften natürlich, dass es sehr lange dauern würde, bis ihre neue Schule gebaut und fertiggestellt wurde. Denn dieses Schulprogramm, das sie nun hatten, war für sie wie Ferien. Bei den Tieren durfte sich jeder ein Tier aussuchen, das er nun zu versorgen hatte. In der Gärtnerei durfte sich jedes der Kinder eine Gemüse- oder Obstsorte aussuchen, die er aussäen und danach bis zur Ernte betreuen durfte. In der Küche durften sie ihrem Alter entsprechend selbst etwas kochen oder mithelfen.

Ein typischer Schultag bestand darin, dass man sich um 9 Uhr morgens traf. Dann mussten sie als Erstes ihr Tier versorgen.

Das hieß es füttern, tränken und soweit es ging den Käfig beziehungsweise die Box reinigen.

Dabei wurden sie natürlich von den Erwachsenen beaufsichtigt. Man stand ihnen mit Rat und Tat zur Seite. Jedoch ließ man sie eigenverantwortlich arbeiten und half nur, wenn es nicht anders ging. Die Kinder sollten Selbstständigkeit lernen. Wenn sie ihr Tier versorgt hatten, gingen sie in die Gärtnerei, wo sich dann jeder um seine Pflanzenecke kümmerte. Gegen Mittag durften sie dann bis zum Essen in der Küche helfen.

Nach dem Mittagessen wurden alle Kinder, die jünger als sechs Jahre waren, ins Bett gebracht.

Den Kleinen gefiel das natürlich gar nicht, aber das musste sein. Ein Tag auf dem neuen Planeten dauerte 32 Stunden. Um sich daran zu gewöhnen, wurde jede Woche dem Tag eine Stunde hinzugefügt, sodass zum Beispiel in der ersten Woche ein Tag statt 24 nun 25 Stunden hatte. Das war selbst für die Erwachsenen nicht leicht und schon gar nicht für die Kinder.

Den Nachmittag durften sie so verbringen, wie sie wollten. Erst gegen 18 Uhr trafen sie sich alle wieder und mussten ihre Tiere füttern.

Danach hatten sie wieder bis zum nächsten Tag, 9 Uhr, frei. Um Verantwortung für die Tiere zu lernen, mussten die Kinder ihr ausgesuchtes Tier auch am Samstag und Sonntag füttern. Linda, die nachmittags frei hatte, nutzte die Gelegenheit und studierte Bücher über Kindererziehung. Da sie bis jetzt noch nicht viel mit Kindern zu tun hatte, wollte sie eine gute Lehrerin werden.

Linda war wie immer nachmittags im Zimmer. Da klopfte es.

Sie war ziemlich überrascht, da sie niemanden erwartete. Aber sie nahm an, es sei Joe und bat sie herein. Sie staunte nicht schlecht, dass es Artemis war. Seit ihrem Abflug vor einer Woche hatte sie ihn kaum gesehen. Artemis meinte, er müsse ihr unbedingt etwas zeigen. Dann drückte er auf einen Knopf an der Wand und eine Luke kam zum Vorschein.

Linda wusste zwar, dass es eine Luke gab, aber bis jetzt hatte sie noch nicht versucht auf den Knopf zu drücken.

Als Linda dann hinausblickte, bot sich ihr ein atemberaubender Anblick. Ein Komet zog seine Bahn direkt neben dem Raumschiff. Jedenfalls schien es so.

Linda war so fasziniert von diesem Anblick, dass sie ihre Beherrschung verlor und Artemis um den Hals fiel. Artemis reagierte darauf mit einem leidenschaftlichen Kuss. Nun da diese Schwelle überschritten war, gab es für die beiden kein Halten mehr.

Artemis begann Linda den Hals entlang zu küssen. In Linda erwachte eine ungeahnte Leidenschaft.

Alles um sie herum war vergessen. Die beiden hatten nur mehr einen Gedanken. Sie wollten ihrer Leidenschaft nachgehen. Langsam zogen sich seine Küsse in Richtung Dekolleté. Linda war immer sehr figurbewusst gekleidet. So auch heute.

Sie trug eine Weste, die bauchfrei war und einen Reißverschluss hatte, der bis zur Mitte geöffnet war, sodass ihr BH etwas

hervorguckte. Das brachte Artemis noch zusätzlich in Erregung. Langsam wanderten seine Küsse tiefer und er öffnete ihre Weste und streifte sie ihr langsam ab. Da er sie immer
wieder zärtlich küsste, konnte Linda nichts anderes als einen Seufzer der Lust auszustoßen. Doch das war nur der Anfang.

Denn als Artemis Linda ihrer Weste entledigt hatte, öffnete er zärtlich ihre Hose und streifte sie ihr ab.

Linda hatte das Gefühl, Artemis habe zehn Hände und streichle sie damit an jeder Stelle ihres Körpers.

Sie hätte am liebsten vor Erregung aufgeschrien, als Artemis ihr den BH abgestreift hatte und nun ihre Brustwarzen zärtlich in den Mund nahm und ganz leicht daran zog.

Linda wusste nicht, wie er es schaffte, dass er sich auszog, während er sie verwöhnte. Aber schließlich landeten die beiden fast nackt auf Lindas Bett, wo sie noch vor Kurzem in ihr Buch vertieft war, das nun völlig vergessen war.

Jetzt war Linda so erregt, dass sie es gar nicht mehr erwarten konnte ihn ganz tief in ihr zu spüren. Hektisch versuchte sie ihn seiner Unterhose zu entledigen.

Doch da griff Artemis ein und sagte: „Ganz ruhig, wenn du es willst, dann werde ich dir alles geben, wonach du verlangst."

Und er schaffte es tatsächlich Linda zu beruhigen. Nun gelang es Linda auch Artemis seine Unterwäsche auszuziehen. Artemis schaffte es währenddessen dasselbe zu tun.

Als Lindas Blick auf seinen nackten Körper fiel, musste sie zugeben, dass alles an ihm fantastisch gebaut war.

Langsam drang Artemis in Linda ein. Linda konnte einen Schrei der Lust nicht mehr unterdrücken. Langsam begann er sich in ihr zu bewegen und auch Linda fand sich gleich in seinen Rhythmus ein.

Langsam, aber unaufhaltsam steuerten die beiden ihrem Höhepunkt entgegen. Als Artemis den Höhepunkt erreichte, war es Linda, als ob in ihr ein Feuerwerk explodierte. Keiner der beiden hatte je einen solchen Höhepunkt erlebt. Beide blieben noch eine Weile eng umschlungen liegen.

Plötzlich läutete die schiffseigene Gegensprechanlage. Es war Joe, die sich meldete.

Es war bereits 18.20 Uhr und Linda sollte schon seit 18 Uhr im Laderaum sein, in der die Tiere untergebracht waren. Die Kinder, die um 18 Uhr zur Fütterung ihrer Tiere gekommen waren, so wie jeden Tag, warteten auf sie. Sie mochten Linda sehr gerne und wunderten sich, dass sie noch nicht da war, da sie sonst immer sehr pünktlich war. Deshalb wandten sie sich an Christine, ihre zweite Aufsichtsperson.

Diese hielt sich an Joe, und auch sie machte sich Sorgen. Also beschloss sie sich bei Linda zu melden. Diese war in Artemis Armen eingeschlafen und hatte gar nicht bemerkt, wie die Zeit verging.

Das Klingeln hatte sie aufgeweckt. Linda nahm das Gespräch entgegen und meinte, in fünf Minuten würde sie kommen, sie wäre wohl beim Lesen eingeschlafen. Dass sie sich mit Artemis getroffen hatte, verschwieg sie.

Mit einem schnellen Kuss verabschiedete sie sich von ihrem heimlichen Liebhaber.

Danach machte sie sich schnell auf den Weg, um ihren Pflichten nachzukommen. Als sie angekommen war, entschuldigte sie sich bei Christine. Diese meinte, es könne jedem einmal passieren, dass man verschlafe.

Linda wollte vor erst niemandem erzählen, was an diesem Nachmittag geschehen war.

Auch Joe sollte nichts davon erfahren, denn sie schämte sich, dass sie die Kontrolle über sich verloren hatte. Eine halbe Stunde später waren die Kinder fertig mit der Abendfütterung ihrer Tiere. Schnell verabschiedete sich Linda von den Kindern und ging in ihr Quartier. Sie hoffte Artemis wäre noch da. Leider war er inzwischen schon weg. Linda wusste nicht, ob dies nur ein einmaliges Erlebnis war oder sie jetzt eine Beziehung miteinander hätten.

Aber was mache ich mir Gedanken darüber, dachte Linda, ich hatte den besten Sex meines Lebens und das war es mir wert. Auch wenn es nur ein einmaliges Erlebnis war.

Linda ging zum täglichen Abendessen, als ob nichts gewesen wäre. Artemis war nicht dabei, er hatte Dienst im Steuerraum, wie sie „zufällig" erfuhr. Nach dem Abendessen zog sie sich zurück.

Ihr war nicht nach Gesellschaft an diesem Abend. In ihrem Quartier versuchte sie noch zu lesen. Doch sie konnte sich nicht richtig darauf konzentrieren. Der wundervolle Nachmittag schoss ihr immer wieder durch den Kopf. Es war so wundervoll, als er sie so im Arm gehalten hatte.

Auch erinnerte sie sich an die Zeit mit Artemis vor dem Abflug zurück, als sie miteinander gearbeitet hatten.

Justin, der zufällig einmal in seinem Körbchen lag, meinte, er brauche jetzt Streicheleinheiten und hüpfte ins Bett zu Linda.

Linda streichelte zwar Justin aber sie war nach wie vor mit den Gedanken bei Artemis. Das spürte Justin und ging beleidigt seiner Wege. Justin war sehr von sich überzeugt und dachte, alles müsse sich nur um ihn drehen.

Als Lindas Mutter einmal kurz bei ihr vorbeischaute, ob alles in Ordnung sei, da sie nicht bei dem gemeinsamen abendlichen Beisammensein war, nutzte Justin die Gelegenheit und verließ das Zimmer. Linda meinte, dass sie einfach heute nicht so in Stimmung sei und sie einfach einmal einen Abend alleine sein wolle.

Das verstand Lindas Mutter gut. Denn auch sie hatte manchmal solche Tage, an denen jeder andere zu viel war und man einfach einmal alleine sein wollte. Also ging sie wieder.

Linda lag an diesem Tag noch lange wach und erlebte im Gedanken diesen Nachmittag immer wieder. Sie hatte in seinen Armen ein Gefühl von Geborgenheit gespürt, dass sie so nicht kannte, und war sich sicher, dass sie das auch nie wieder bei einem anderen erleben könne. Sollte er mit ihr eine Beziehung beginnen wollen, so war sie dazu bereit, da kein anderer an Bord für sie in Frage käme und sie auch auf dem neuen Planeten keinen anderen kennenlernen könnte.

Außerdem wollte sie auch keinen anderen. Sie wollte Artemis, das war ihr inzwischen klar. Sie öffnete das Rollo ihres Fensters und blickte hinaus zu den Sternen. Weil sie so schnell flogen, kamen sie ihr vor wie ein Sternschnuppenregen.

Da es hieß, man dürfe sich bei einer Sternschnuppe etwas wünschen, hätte sie jetzt 1000 Wünsche frei. Sie hatte aber nur einen Wunsch, sie wollte mit Artemis zusammen sein, wie immer das auch aussehen möge.

Aber vielleicht konnte er es nicht? Was wäre, wenn ihm sein Volk verbieten würde, sich mit der menschlichen Rasse einzulassen?

Vielleicht war das auch der Grund, wieso David nichts von Joe wissen wollte, obwohl er offensichtlich Gefühle für sie hegte? Irgendwann beschloss Linda ihre Grübeleien aufzugeben und legte sich schlafen.

In ihren Träumen war sie wieder auf der Erde und ging ihrem Beruf als Polizistin nach. Aber auch Artemis kam darin vor als Partner an ihrer Seite.

Der nächste Morgen begann für Joe mit einer großen Überraschung. Als sie ihre Arbeit bei ihren Tieren beginnen wollte, merkte sie, dass irgendetwas auf dem Rücken des Hengstes lag. Als sie näher an seine Box herantrat, sah sie es und traute ihren Augen nicht! Es war Justin, der sich offensichtlich auf dem Rücken des Pferdes sehr wohl fühlte, und auch das Pferd machte keine Anstalten, dass es dieses missbilligte. Joe, die Justin kannte und auch wusste, dass er immer zu Streichen aufgelegt war, musste herzhaft lachen.

„Na, du kleiner Strolch, hast du es wieder einmal geschafft?", sagte Joe lachend, und kraulte dabei Justins Kopf. „Wenn du nicht im Mittelpunkt stehst, dann bist du nicht glücklich."

Justin genoss diese Streicheleinheiten offensichtlich und begann zu schnurren. Da es bereits nach 9 Uhr war, kamen Linda und Sindy mit den Kindern. Jedes der Kinder stürmte zu seinem Tier und so bemerkten sie nicht, dass Justin hier war. Nur Linda bemerkte, dass Joe die ganze Zeit lacht. Linda stieg es heiß in den Kopf. Da sie nicht wusste, dass es um Justin ging, glaubte sie, sie wisse etwas von ihr und Artemis. Sie nahm all ihren Mut zusammen und fragte Joe, was denn so lustig sei. Daraufhin zeigte Joe auf den Rücken des Pferdes.

Nun musste auch Linda lachen, streckte ihre Hände aus und wollte Justin vom Rücken des Pferdes nehmen.

Doch das war Justin gar nicht recht, er fühlte sich sehr wohl auf dem Rücken des Hengstes. Um seinen Unwillen zu zeigen, begann er zu pfauchen.

Joe meinte, dass sie ihn doch lassen solle, da auch der Hengst offensichtlich nichts dagegen habe. Natürlich waren nun auch die Kinder aufmerksam geworden und standen um die Box herum und beobachteten das Schauspiel.

Auch Linda sagte nun, dass es wohl besser sei.

Lara, die jüngste Schwester von Joe, die auch bei dem Schulungsprogramm dabei war, hatte in der Aufregung um Justin den Käfig ihres Pflegetieres, einem Hase, offen gelassen. Dieser hatte die Gunst der Stunde genutzt und war ausgebüxt. Als sich die Aufregung um Justin gelegt hatte und die Kinder sich wieder ihren Tieren widmeten, wurde erst bemerkt, dass das Tier abgehauen war. Zum Glück war der Hase noch nicht weit gekommen und so wurde er schnell entdeckt. Doch das Einfangen war nicht so einfach, wie man geglaubt hatte, denn dieser hoppelte sehr schnell.

Justin war beleidigt, dass sich alles um den Hasen drehte. Also hüpfte er vom Rücken des Pferdes und lief zum Hasen, um zu spielen. Da dieser jedoch Angst vor dem Kater hatte, lief dieser in die andere Richtung, aber da wartete schon Hans, der auch Dienst bei den Tieren hatte, und schnappte ihn. Jetzt gab es für den Hasen kein Entrinnen. Es ging zurück in seinen Käfig. Nun wurde es Justin doch zu viel, alles kümmerte sich nur um den Hasen und spielen wollte er auch nicht mit ihm. Also beschloss er den Frachtraum zu verlassen. Leider konnte er das nicht alleine. Er vermisste in solchen Situationen schon seine alte Wohnung, in der er seit dem Tag, an dem ihn Linda zu sich geholt hatte, gewohnt hatte. Dort hatte es wenigstens Türen mit Schnalle gegeben. Er hatte sich es zur Gewohnheit gemacht, auf die Schnalle zu springen und die Tür dadurch zu öffnen. Aber hier, wo immer er auch war, gab es keine Schnallen und er hatte keine Möglichkeit die Türen zu öffnen. Er musste nun warten, bis sich ihm die Gelegenheit bot.

Dieses Mal musste er auch nicht lange warten.

David war wie immer um diese Zeit auf seinem Rundgang, um zu sehen, ob alles in Ordnung war. Natürlich gehörte auch der Frachtraum, in dem die Tiere untergebracht waren, dazu. David öffnete die Tür zum Frachtraum; als die Tür zur Hälfte offen war, huschte etwas an seinen Füßen vorbei. Er konnte zwar nicht erkennen, was es war, aber er hatte schwarzes Fell gesehen. Dass Linda eine schwarze Katze namens Justin hatte, wusste er. Also nahm David an, dass es Lindas Katze war. Als David den Frachtraum betreten hatte, lachten alle so herzhaft, dass sich auch David nicht halten konnte und mitlachen musste, obwohl er nicht wusste, um was es ging. Schließlich ließ er sich doch aufklären, warum so gelacht wurde. Joe klärte ihn auf.

Sie erzählte David von Justin, der zuerst auf dem Rücken des Pferdes saß, und dass einer der Hasen die Verwirrung, die Justin verursacht hatte, ausnutzte.

„Ach", sagte David, „also war es doch der Kater, der gerade die Flucht ergriffen hat, als ich hier reinkam."

„Na, der war wahrscheinlich wieder einmal beleidigt, weil er nicht im Mittelpunkt stand. Du musst wissen, dass er sehr eingebildet ist und meint, dass sich alles nur um ihn drehen muss."

„Eigenartig", erwiderte David, „ich hätte nicht geglaubt, dass eines eurer Tiere ein so starkes Ich-Bewusstsein hat."

Linda, die das Gespräch mit angehört hatte, meinte: „Ja, mein Justin ist eine ganz besondere Katze. Ich selbst habe so etwas auch noch nicht erlebt, aber gerade das ist es, was ich an ihm so liebe, und deshalb hätte ich mir es nicht vorstellen können, dass ich in Zukunft ohne ihn leben müsse. Auch bin ich froh, dass Joe ebenfalls eine Katze mitgebracht hat und Justin die Möglichkeit hat seine Gene weiterzugeben."

Nun melde sich Joe wieder zu Wort und meinte: „Wenn man sich hier umsieht, könnte man glauben auf der Arche Noah zu sein."

„Arche Noah?", fragte David. David hatte in der Zeit, in der er sich auf der Erde aufhielt, sehr viel über die Geschichte der Menschheit gelernt, aber von der Arche Noah hatte er noch nicht gehört.

Also beschlossen Linda und Joe kurzerhand David aufzuklären, was es mit der Arche Noah auf sich hatte. Als er es wusste, meinte er, dass es so gesehen eine zweite Arche Noah sei, nur dass sie eben drei Tiere pro Rasse mithatten und dass sie die Erde verließen.

Linda beobachtete, wie sich Joe und David miteinander unterhielten. Und wieder beobachtete sie das Leuchten der beiden in ihren Augen. Sie verstand nicht, wieso sich die beiden ihre Liebe nicht eingestanden. Keiner der beiden gab zu, dass er in den anderen verliebt war. Wenn sie so darüber nachdachte, war sie in einer ähnlichen Situation. Auch sie würde anderen gegenüber nicht zugeben, dass sie in Artemis verliebt war. Ja, sie hatte mit Artemis einen wundervollen Nachmittag verbracht, aber auch sie wusste nicht, wie es weiterging. War es nur ein einmaliges Erlebnis? Oder würden sie sich jetzt öfters sehen? Sie wusste es nicht, aber im Gegensatz zu Joe gestand sie sich ein, dass sie in Artemis verliebt war.

Artemis hatte an diesem Tag wieder einmal auf der Brücke Dienst, aber den Nachmittag frei und diesen wollte er wieder mit Linda verbringen. Er konnte nicht sagen warum, aber er war verrückt nach dieser Frau. Noch wusste er selbst nicht, wie und ob es weitergehen würde mit ihm und Linda. Er wusste, nein, er hoffte, dass ihn Linda auch heute mit offenen Armen empfangen würde, ohne Fragen zu stellen. Unsicher, was ihn erwarten würde, begab er sich zu Lindas Quartier. Er hatte Glück, Linda wartete bereits in ihrem Zimmer auf ihn und von ihrer Familie, mit denen sich Linda das Quartier teilte, das wie eine Wohnung mit mehreren Zimmern ausgestattet war, war niemand zu sehen, sodass sein Besuch auch dieses Mal unbemerkt blieb.

Zwei Wochen lief das nun schon heimlich zwischen den beiden, ohne dass es jemand gemerkt hatte. Über die Zukunft zu sprechen hätte nur den Zauber der Augenblicks zerstört! Aber nie sprachen die beiden über die Zukunft! Sie genossen nur ihr Beisammensein! Doch dann gab es auf der Brücke einen kleinen Zwischenfall und Artemis wurde auf der Brücke gebraucht. Jeder auf dem Schiff trug einen kleinen Ortungssender, mit dem er vom Bordcomputer jederzeit registriert und so der Aufenthaltsort angezeigt wurde, sofern sich die Person auf dem Schiff aufhielt.

Da man auf der Brücke nicht wusste, wo sich Artemis befand, und er auch nicht in seinem Quartier war, wurde er durch den Computer in Lindas Quartier ausfindig gemacht und sofort auf die Brücke gerufen.

David, der der Kapitän des Schiffes war, sagte zunächst nichts, als Artemis auf die Brücke kam, um sich um das technische Gebrechen zu kümmern, Artemis war der Schiffsingenieur, aber die Blicke der anderen seiner Rasse, die ihn straften, sprach Bände. Es war nicht üblich, dass sie sich mit einer fremden Rasse einließen. Denn jeder Junge bekam spätestens bis zum 15. Lebensjahr eine Frau zugeteilt. Diese wurden vom ‚Ältestenrat', den es in jeder Stadt gab, bestimmt.

Eine Hochzeit gab es bei ihrer Rasse nicht, aber es gab etwas Ähnliches wie die Hochzeit der Erdenmenschen. Mit dem 15. Geburtstag des Mädchens wurde sie mit ihrem zukünftigen Partner vom Ältestenrat feierlich verbunden.

Da es so was wie tiefe innige Liebe bis auf ganz wenige Ausnahmen nicht gab, war es für das junge Paar kein Problem, wenn sie mit einem ihnen fremden Partner verbunden wurden. Ganz selten nur gab es Probleme und es weigerte sich einer der beiden, die verbunden werden sollten. Diese Verbindung wurde deswegen in so jungen Jahren des Mädchens vorgenommen, da die Frauen nur drei Mal im Leben schwanger werden konnten, und das nur in einem Zeitraum zwischen 15 und 30 Jahren. Jedoch waren Zwillingsgeburten unter ihnen so normal wie bei den Menschen die Geburt eines Kindes. Selten gab es nur eines, Drillinge oder gar Vierlinge. Damit es nicht zu Konflikten kam während des Fluges, wurden die Paare getrennt voneinander auf die Reise geschickt.

Davids Raumschiff war nicht das Einzige, das auf die Reise geschickt worden war. Es waren noch fünf andere unterwegs und einige von ihnen sollten das Ziel ihrer Reise bereits erreicht haben. Unter anderem auch das Schiff mit den Frauen von Artemis und David.

Deshalb und auch weil Linda einer anderen Rasse angehörte, waren Artemis Kollegen alles andere als begeistert, als sie von Artemis Liaison mit Linda erfuhren.

Als Artemis das technische Gebrechen behoben hatte, bestellte ihn David in seinen extra Raum, damit er ungestört mit ihm reden konnte.

„Was hast du dir dabei gedacht, als du eine Liaison mit Linda begonnen hast?", fragte David Artemis. „Ich meine, im Grunde kann ich dich ja verstehen, Linda ist wirklich eine hübsche Frau, aber du hast schon eine Partnerin."

„Ich weiß", antwortete Artemis, „aber schon als ich Linda das erste Mal sah, fühlte ich mich von ihr angezogen, mehr als von Selinda (Artemis Partnerin). Ich mag Selinda, aber ich komme nicht gegen die Gefühle, die ich für Linda empfinde, an."

„Hab ich richtig gehört? Gefühle?"

„Ja, ich hätte es selbst nicht für möglich gehalten, aber ich empfinde etwas für Linda. Ich bin bereit mich meiner Verantwortung zu stellen und mir auch bewusst, dass ich, wenn ich mich zu Linda bekenne, mich von unserer Rasse lossagen und unter den Menschen leben muss."

„Du hast dich also entschieden?", fragte David.

„Ja", antwortete Artemis.

„Weiß Linda schon davon?"

„Nein, aber ich werde es ihr bald sagen und ich hoffe, sie wird sich über meine Entscheidung freuen."

David wollte gerade etwas entgegnen, als sie durch ein Klingeln unterbrochen wurden. Das konnte nur bedeuten, dass es wichtig war, da David vor dem Gespräch noch ausdrücklich gebeten hatte nicht unterbrochen zu werden.

Also bat David die Person, die ihn anscheinend dringend sprechen wollte, herein.

Zu seiner Überraschung war es Chantal, eine der wenigen außerirdischen Frauen auf dem Schiff, die jedoch sehr wichtig war, da sie eine der wenigen ihrer Rasse war, die telepathische

Fähigkeit besaß (meist besaßen nur Frauen diese Fähigkeit), und auch über Entfernungen, bei denen es kein Satellit mehr schaffte, noch Verbindung mit anderen ihrer Rasse aufnehmen konnte.

Wenn auch nur mehr Gefühle, wie es mit den anderen Schiffen ihrer Rasse war, da sie für Gedankenübermittlung zu weit voneinander entfernt waren.

„Was gibt's so Wichtiges, dass du mich störst, obwohl ich ausdrücklich darum gebeten habe nicht gestört zu werden?", fragte David.

Die Antwort auf diese Frage ging alle auf diesem Schiff etwas an und war sehr niederschmetternd.

„Ich habe die Verbindung zu unserem Schiff Nummer 2 verloren", antwortete Chantal.

Schiff Nummer 2 war das Schiff, auf dem sich einige der Frauen befanden, deren Männer auf diesem Schiff dienten.

„Keine Verbindung zu ihnen?" Jetzt war es Artemis, der als Erstes reagierte. David stand nur fassungslos da und konnte keine Worte finden. Er wusste, was das zu bedeuten hatte.

„Soll das heißen, sie sind außerhalb deiner Reichweite geraten? Oder was willst du damit sagen?", fragte Artemis.

„Na ja, das kommt darauf an, wie du es siehst, niemand ist mehr in ihrer Reichweite. Ich habe gespürt, wie ihr Leben von einer Sekunde auf die andere erlosch, es muss eine Explosion gewesen sein, denn ansonsten kann ich mir nicht erklären, was das sonst zugegangen ist, dass alle Lebenszeichen, die ich von ihnen empfing, auf einmal erloschen sind", antwortete Chantal.

Kurze Zeit herrschte Schweigen in diesem kleinen Raum.

Doch dann hatte sich David wieder gefangen und musste nun etwas tun, was eine der unangenehmsten Pflichten eines Kapitäns war. Er musste seine Mannschaft informieren.

Nun war das Gespräch, das er noch vor wenigen Minuten mit Artemis geführt hatte, unwichtig geworden und gar vergessen.

David gab den Befehl alle Maschinen zu stoppen. Danach sollte sich die gesamte Mannschaft auf der Brücke treffen, um die traurige Botschaft zu verkünden.

Nachdem er es ausgesprochen hatte, meinte er, dass man das Motto, unter dem sie aufgebrochen waren, nicht aus den Augen verlieren dürfe. Das lautete: ‚das Überleben ihrer Rasse zu sichern'. Sicher war das unter den gegebenen Umständen nicht einfach, da einige von ihnen ihre Partnerin verloren hatten. Aber es würde sich eine Lösung finden, auch wenn das bedeutete, dass man die Grundsätze, unter denen man bisher gelebt hatte, ändern müsste.

Da ihre Rasse nicht so emotional war wie die der Menschen, wurde der Tod nicht so schwer genommen und in einigen Tagen würde der Alltag wieder vollkommen hergestellt sein. Über die Zukunft machte man sich noch keine allzu großen Sorgen; wenn sie erst mal an ihrem neuen Heimatplaneten angekommen waren, würde sich schon eine Lösung finden. Die Passagiere, die diese Durchsage auch gehört hatten, fragten sich natürlich, was passiert war, da durch das Stoppen der Maschinen auch eine Verzögerung in der Ankunft auf ihren neuen Planeten entstand und das Stoppen der Maschine hieß, dass etwas passiert sein musste, zumal noch die gesamte Mannschaft auf die Brücke beordert wurde.

Man hoffte nur, dass es nicht Ernsthaftes war.

Nachdem die Mannschaft die Brücke verlassen hatte und wieder auf ihren Arbeitsplatz zurückkehrte, bemerkten die Menschen, dass die Mannschaft irgendwie verändert war. Die bisher so fröhliche Mannschaft, die immer ein Lächeln auf den Lippen hatte und auch gerne bei einem kleinen Scherz mitmachte, wirkte jetzt irgendwie ernst. Irgendetwas musste passiert sein.

Um Gerüchten und etwaigen Ängsten vorzubeugen, wurden auch die Passagiere zum Kapitän gebeten und über die Lage informiert. Diese waren natürlich sehr betroffen und boten ihre Hilfe an.

Doch dann wurden sie aufgeklärt, dass für sie der Verlust eines Partners nicht als so schrecklich empfunden wurde wie von den Menschen. Sie hatten im Laufe ihrer Geschichte gelernt anders als die Menschen ihre Gefühle zu unterdrücken und den Tod als etwas Natürliches und nicht als etwas Schreckliches hinzunehmen, bei dem man eine so tiefe Trauer empfinden müsse.

Linda, die auch alles mitgehört hatte, fragte sich nun, ob auch Artemis eine Partnerin gehabt hatte? Ob sie nur ein Spielzeug für ihn war, das er nur während des Fluges benutzt hatte? Aber im Grunde konnte sie ihm gar keinen Vorwurf machen, denn schließlich hatten sie nie über dieses Thema geredet. Nein, sie hatte einfach nur die gemeinsamen Stunden genossen, ohne sich Gedanken zu machen nach dem Morgen. Doch jetzt fragte sie sich schon, wie es weitergehen würde. Aber an diesem Tag würde er wohl nicht kommen und wer weiß, vielleicht war dies jetzt ein Ereignis, das ihn erinnerte, dass er zu seinem Volk gehörte und nicht zu ihr. Es würde ihr sicher nicht leicht fallen ihre Gefühle für Artemis zu unterdrücken, vor allem, wenn sie sich oft begegneten, da sie ja noch fünf Wochen unterwegs sein würden. Lindas Befürchtung bestätigte sich, zumindest was diesen Tag betraf, Artemis meldete sich an diesem Tag nicht mehr.

Am nächsten Tag kam Artemis wieder zu Linda, aber er sagte, dass ihm im Moment sehr viel durch den Kopf ging und dass er im Moment etwas Bedenkzeit brauche.

Die ganze kommende Woche ging Artemis Linda aus dem Weg.

Aber auch David dachte nun über die veränderte Situation nach. Schließlich hegte auch er Gefühle für eine Erden-Frau. Fast jede Nacht träumte er von ihr und manchmal im Schlaf meinte er sogar sie zu spüren. Aber bis jetzt hatte er ein schlechtes Gewissen, denn er war sehr traditionsbewusst und fühlte sich seiner Partnerin gegenüber verpflichtet.

Obwohl ihm ihr Tod die Möglichkeit gab sich zu Joe zu bekennen, wusste er, dass es trotzdem nicht einfach sein würde. Nein, er konnte sich nicht zu Joe bekennen, noch nicht, er war schließlich der Kapitän des Schiffes und wollte erst abwarten, bis sie das Ziel ihrer Reise erreicht hatten. Es konnte ja noch immer irgendwas Unvorhergesehenes geschehen. Außerdem fühlte er sich schuldig, seine Partnerin war erst 16 gewesen und hätte noch ihr ganzes Leben vor sich gehabt. Und er hatte die Zeit, die sie getrennt waren, genutzt und sie in Gedanken einige Male betrogen. Aber das Schlimmste daran war, dass sie jetzt nicht mehr am Leben war. Er konnte sie nicht mehr bitten ihm zu verzeihen. Wäre sie nicht gestorben, so hätte er der Tradition Folge geleistet und seine Gefühle für Joe unterdrückt. Wenn er sie dann nicht mehr wieder gesehen hätte, wäre der Schmerz sicher nicht mit der Zeit verschwunden. Aber jetzt? Was sollte er jetzt machen. Seine Partnerin lebte nicht mehr, er war frei!

Aber doch gebunden, gebunden an die Gesetze seines Volkes, das ihm verbot, dass er sich mit einer fremden Rasse einließ oder gar Nachkommen zeugte und es so eine Vermischung zweier Rassen gab. Aber er lebte ja in Zukunft nicht mehr auf seinem Planeten. Seine Rasse begann genauso ein neues Leben wie die der Menschen. War es nicht an der Zeit, dass man neue Regeln aufstellte?

Aber selbst wenn, er hatte dies nicht zu bestimmen.

Täglich führte David den Kampf in seinen Inneren neu aus, vor allem, wenn er Joe begegnete und das war fast täglich der Fall.

Joe hingegen hing ihr ganzes Herz an die Tiere, die sie täglich betreute. Auch wenn sie keinen Dienst hatte.

Man hatte es so aufgeteilt, dass jeder fünf Tage durchgehend Dienst hatte und anschließend fünf Tage frei. So hatte jeder Arbeit, aber auch gleichzeitig genug Zeit für die Familie. Doch Joe wollte keine freie Zeit. Für sie war das keine Arbeit, sondern Hobby. Außerdem wurde sie von den Tieren mit Zuneigung belohnt, was ihr am meisten bei dieser Arbeit gefiel, und sie konnte so gut ihre Gefühle für David verdrängen. Die Arbeit lenkte sie von ihren Gedanken ab. Denn der Gedanke an die Zukunft war nicht gerade rosig. Wahrscheinlich würde sie immer alleine sein und nie eine Familie gründen können, denn sie war ja eine der wenigen, die keinen Partner mit in die neue Welt brachte. Manchmal wünschte sie sich, sie hätte bereits ein Kind, auch wenn es dafür keinen Vater gegeben hätte. Sie hätte das Kind auch alleine großgezogen. Aber andererseits hätte sie ihrem Kind nur ungern den Vater vorenthalten. Joe war sehr glücklich mit ihren Tieren, aber immer wenn sie Christine mit ihrem Baby beggegnete, kam die Sehnsucht in ihr wieder hoch. Vor allem, wenn sie Christine und Robert beobachtete, wie zärtlich und liebevoll sie miteinander umgingen.

Da man nun schon die Hälfte der Strecke zur neuen Heimat zurückgelegt hatte, wurde es Zeit sich auf das künftige Leben vorzubereiten. Deshalb gab es jetzt täglich für Schießübungen mit Blasrohr und Pfeil und Bogen.

Da das Schiff ein Holodeck besaß, war dies kein Problem.

Es wurden Tiere simuliert, die sich im hohen Gras versteckten, Vögel, die durch die Lüfte schwebten, und Fische, die im Wasser schwammen.

Auch lernte man Fährten und Spuren zu lesen. Jedem stand es frei den Kurs zu besuchen und so lange zu üben, wie er wollte. Einige der Männer lernten schnell und halfen anderen, bei denen es nicht so schnell klappte wie bei anderen. Auch die Jungen und Mädchen, die älter als 13 waren, durften den Kurs besuchen. Den Frauen stand der Kurs zwar auch offen, aber diese meinten, dass sie das lieber den Männern überlassen wollen. Trotzdem, dass sich nur die männliche Gruppe für diesen Kurs interessierte, war man doch erstaunt, als sich alle meldeten. Irgendwie weckte der Kurs die Urinstinkte der Männer ihre Familie mit Nahrung zu versorgen.

Nun war schoneine Woche vergangen seit dem Bekanntwerden des Unglücks von Schiff Nummer 2. Alle gingen wieder ihrem Dienst nach wie gewohnt. Linda hatte gehofft, dass sich Artemis nun wieder bei ihr melden würde, aber diese Hoffnung schwand mit jedem Tag, der verging. Er ging ihr immer noch aus dem Weg. Ihn bedrängen wollte sie auf keinen Fall, obwohl sie schon gerne gewusst hätte, wie es nun zwischen ihnen weitergehen würde.

Wieder einmal begegnete Linda Artemis, als sie gerade mit ihrer Schulklasse auf dem Weg ins Gewächshaus war. Dort musste Artemis eine defekte Wasserleitung reparieren, und als sich ihre Blicke wie durch Zufall trafen, wusste keiner der beiden so recht, was er sagen sollte. Alleine der Anblick Lindas ließ Artemis Herz höher schlagen. Dieser Blick genügte ihm, um zu wissen, dass er sie begehrt mit jeder Faser seines Körpers. Auch bemerkte er, dass sie sich in letzter Zeit verändert hatte. Was es genau war, konnte er nicht genau sagen. Es war eine Art Ausstrahlung, die sie besaß, etwas in ihrem Inneren, das sie ausstrahlte und ihr ein ganz besonderes Aussehen verlieh. Er konnte den Blick nicht mehr von ihr wenden, ihre Ausstrahlung hatte ihn gefesselt. Plötzlich wusste Artemis um das Geheimnis Lindas innerer Strahlung. Sie war schwanger! Aber wieso hatte sie ihm nichts gesagt? Dass nur er der Vater des Kindes sein konnte, wusste er. Hätte Linda mit jemand anderen eine Liaison gehabt, so hätte er dies erfahren, denn auf dem Schiff blieb nichts lange geheim. Außerdem spürte er, dass er der Vater ihres Kindes war. Das war es, was ihn in diesem Moment so stark an sie zog. In diesem Moment ließ er das Leck Leck sein und bat Linda um ein vertrauliches Gespräch.

Da Linda sowieso nicht alleine auf ihre Schulklasse aufpasste, fragte sie Sindy, ob es okay wäre, wenn sie sie für einige Minuten alleine ließ.

Sindy störte das nicht, die Kinder waren alle gut erzogen und es gab mit ihnen kaum Schwierigkeiten.

Artemis und Linda entschieden sich in sein Quartier zu gehen, das vom Gewächshaus näher war als Lindas, um ungestört miteinander reden zu können.

Als sie endlich alleine waren, redete Artemis Linda sofort auf die Schwangerschaft an und fragte, wieso sie nichts davon gesagt habe.

Linda stand wie angegossen da. Sie wusste nicht, was sie sagen sollte.

Wie kam Artemis nur darauf, dass sie schwanger sein sollte?

Gut, sie war bereits ein paar Tage überfällig mit ihrer Periode, aber das hatte sie der neuen ungewohnten Situation zugeschrieben.

Dass sie schwanger sein konnte, an diese Möglichkeit hatte sie bis jetzt noch gar nicht gedacht.

„Wie kommst du denn darauf?", antwortete Linda, die sich mittlerweile schon etwas gefasst hatte. „Ich weiß es doch selbst nicht! Wie auch, hier kann man nicht einfach in die nächste Apotheke gehen und einen Schwangerschaftstest machen und außerdem habe ich bis jetzt noch gar nicht daran gedacht. Aber jetzt würde ich schon gern wissen, wie du darauf kommst?"

Artemis, der jetzt wusste, dass er zu Linda gehörte, lächelte und meinte, er habe sofort bemerkt, dass sie sich verändert habe, dass sie eine Aura umgebe, eine Ausstrahlung, die nur Schwangere haben.

„Ich habe lange hin und her überlegt, wie es mit uns beiden weitergehen sollte.

Da ich mich meinem Volk gegenüber auch verpflichtet fühle, zumal dieses Unglück geschehen ist. Aber nun weiß ich, dass ich zu dir und unserem Baby gehöre", antwortete Artemis.

„Tut mir leid Artemis, aber nun bin ich diejenige, die Bedenkzeit braucht. Ich muss erst mit der veränderten Situation klarkommen, zumal ich nicht damit gerechnet habe schwanger zu sein", entgegnete Linda.

„Das verstehe ich natürlich, aber du sollst wissen, dass auch, falls du dich entscheidest das Kind alleine großzuziehen, ich auf eurem Planeten bleiben werde, um mein Kind aufwachsen zu sehen."

„Auf unserem Planeten?", fragte Linda.

Sie verstand das Ganze nicht. Bisher hatte sie geglaubt, dass die Außerirdischen und die Menschen sich auf demselben Planeten ansiedeln würden.

„Ja, auf eurem Planeten! Wusstest du nicht, dass wir einen Zwillingsplaneten ansteuern?", fragte Artemis.

„Nein", antwortete Linda, „das heißt, ihr werdet einen der beiden Planeten besiedeln und den anderen wir?"

„Ja", antwortete Artemis, „so war es vorgesehen."

„Das ist mir neu, aber für mich im Moment nicht so wichtig."

Linda ließ ihre angebliche Schwangerschaft nicht in Ruhe und so musste sie Artemis noch einmal fragen, ob er denn ganz sicher sei, dass sie schwanger sei.

„Ja!", antwortete Artemis.

Linda erbat sich noch einmal ein paar Tage Bedenkzeit, da sie sich unsicher war. So ganz konnte sie das noch nicht glauben. Na ja, er konnte schon recht haben, schließlich war sie mit ihrer Periode bereits eine Woche überfällig und seit einigen Tagen litt sie unter Morgenübelkeit und Brustspannen. Aber sie war immer noch nicht davon überzeugt davon schwanger zu sein. Folglich beschloss sie ihre Ärztin aufzusuchen und hoffte, dass sie ihr Gewissheit geben konnte, denn auf ein Gefühl alleine wollte sie sich nicht verlassen.

Also verließen die beiden Artemis' Quartier und gingen wieder zurück zum Gewächshaus. Artemis ging wieder an die Arbeit und Linda neuerlich zu Christine und bat sie heute die Kinder alleine zu betreuen. Christine fragte sich zwar, was wohl zischen Linda und Artemis vorgefallen war, da Linda etwas verstört wirkte, aber sie hakte nicht nach. Natürlich war Sindy damit einverstanden die Kinder alleine zu betreuen.

Linda suchte ihre Ärztin auf, die gerade im Aufenthaltsraum mit der Kräuterhexe über ein Buch über Kräuter und ihre Wirkung diskutierte.

Sie fragte Simone (die Ärztin), ob sie sie einen Moment alleine sprechen könne.

Diese war natürlich einverstanden und meinte, es sei am besten, wenn sie in ihr Quartier gingen, um ungestört zu sein.

Im Quartier angekommen schüttete Linda Simone das Herz aus und bat sie ihr zu helfen herauszufinden, ob Artemis mit seiner Behauptung recht hatte.

Aufgrund der Symptome, die Linda zeigte, meinte Simone, dass eine Schwangerschaft sehr wahrscheinlich sei, aber mit Sicherheit konnte sie ihr natürlich keine Antwort auf die Frage, die Linda beschäftigte, geben. Da Simone das meiste ihrer Arztausrüstung zurücklassen musste und hier auch kein Labor war, um eine Blutuntersuchung durchzuführen, konnte sie ihr im Moment nicht weiterhelfen. Aber sie würde sich erkundigen, ob sie vielleicht etwas von den Außerirdischen besorgen konnte.

Damit war Linda einverstanden, bat aber Simone noch einmal ausdrücklich niemandem davon zu erzählen. Simone meinte, dass sie sich keine Sorgen darüber machen müsse und die Schweigepflicht, an die sie gebunden wäre, für sie hier genauso wie sonst irgendwo gelte. Simone gab Linda noch den Rat, dass sie sich hinlegen und sich ausruhen solle und sie würde sich bei ihr melden, wenn sie wusste, ob sie ihr weiterhelfen könne.

Linda verabschiedete sich von Simone und befolgt ihren Rat und legte sich etwas hin. Natürlich war an Schlaf nicht zu denken und sie musste immer wieder darüber grübeln, dass sie möglicherweise oder sogar wahrscheinlich schwanger sei. Eigentlich hatte sie sich den Neubeginn in ihrem Leben anders vorgestellt. Vor allem, da sie nicht wusste, was sie erwartete und dann noch ein Baby? Aber wenn sie jetzt schwanger sein sollte, dann war sie selbst schuld, schließlich hatte sie nur an ihr Vergnügen und nicht an Verhütung gedacht. Sie hatte zwar schon immer den Wunsch gehabt eines Tages ein Kind zu haben, aber das hätte erst später kommen sollen und schon gar nicht jetzt, wo sie nicht wusste, wo sie auf dem Weg war in ein neues und unbekanntes Leben. Deshalb hoffte sie, dass sich Artemis irrte. Jedoch hatte sie, wenn sie doch schwanger wäre, keine andere Wahl, als es großzuziehen in einer unbekannten Welt.

Aber sie war sich sicher, dass, selbst wenn sie die Wahl gehabt hätte, eine Abtreibung vornehmen zu lassen, sie sich für das Kind entschieden hätte.

Nur eine Stunde, nachdem sich Linda hingelegt hatte, klingelte es. Es war Simone, die Linda aufsuchte, sie hatte einiges auftreiben können, das es ihr ermöglichte eine Blutuntersuchung durchführen zu können.

Also zapfte sie Linda einige Milliliter Blut ab und versprach ihr, dass sie das Ergebnis in einer Stunde hatte.

Linda war zwar sehr froh darüber; aber eine weitere Stunde warten, das war die reinste Horrorvorstellung für sie.

Denn nun würde sich die eine Stunde in eine Ewigkeit verwandeln. Aber es blieb ihr nichts anderes übrig, sie musste eine Stunde warten.

Wie Linda schon befürchtet hatte, zog sich die Stunde in die Länge und ihre Gedanken „kreisten" nur so in ihrem Kopf. Wie sollte sie sich wegen Artemis entscheiden? In letzter Zeit hatte er sich nicht bei ihr gemeldet und jetzt, wo er glaubte, dass sie schwanger sei, wollte er plötzlich wieder mit ihr zusammen sein. Aber so wollte sie das nicht, sie wollte, dass er sich ihretwegen für sie entschied und nicht wegen ihres Babys.

Hätte er sich auch für sie entschieden, wenn er nicht glaubte, dass sie schwanger ist?

Endlich, endlich kam das erlösende Klingeln an der Tür und die quälenden Minuten hatten ein Ende. Als Simone eintrat, schlug Lindas Herz bis zum Hals!

Linda konnte kaum sprechen, ihre Kehle war trocken und ihre Stimme versagte fast. „Und?", wollte Linda jetzt endlich wissen, die die Spannung fast nicht mehr ertrug.

„Artemis hatte recht, du bist schwanger! Deine Hormonwerte sind für die fünfte Schwangerschaftswoche sogar ungewöhnlich hoch. Was aber kein Grund zur Sorge ist. Es kann sein, dass sich dein Kind, da Artemis einer anderen Rasse angehört, schneller entwickelt als die unseren."

Linda hatte zwar bis zuletzt gehofft, dass das alles nur ein Irrtum war. Aber nun wusste sie mit Sicherheit, dass sie ein Kind erwartete. Simone meinte, dass sie jederzeit zu ihr kommen könne, wenn sie Fragen hätte, und dass es ratsam sei, wenn sie sie in drei Wochen wieder untersuchen würde. Bis dahin könne sie eventuell schon den Herzschlag des Kindes feststellen. Außerdem habe sie nur hier die entsprechenden Geräte, um prüfen zu können, ob auch wirklich alles in Ordnung sei mit ihrem Baby. Schließlich wusste man nichts über eine Vermischung der Rassen und ob es möglicherweise zu Komplikationen kommen könne.

Das sagte Simone Linda natürlich nicht, sie wollte sie nicht unnötig beunruhigen.

Simone gab Linda noch den Rat Leopoldine (die Kräuterhexe) in ihren Zustand einzuweihen, denn sie könnte ihr sicher einen Tee geben, der sich positiv auf ihr Kind auswirkte. Außerdem meinte sie, auf Leopoldine wäre Verlass ihr Geheimnis für sich zu behalten. Linda bedankte sich noch einmal bei Simone. Diese sagte, dass das sowieso selbstverständlich gewesen sei, schließlich sei sie ja Ärztin. Dann ließ sie Linda alleine. Diese brauchte nun Zeit, um ihre Gedanken zu ordnen, da die Schwangerschaft sehr überraschend und nicht gerade geplant gekommen war. Simone wusste, wenn sich Linda erst einmal mit dem Gedanken, dass sie schwanger war, abgefunden hatte, würde sie noch viele Fragen haben. Linda war froh jetzt alleine zu sein und über alles nachdenken zu können. Doch sie konnte einfach keine Entscheidung treffen, was Artemis betraf. Da fiel ihr Christine ein. Sie hatte ja schon ein Baby. Sie könnte sie fragen, ob sie sich vorstellen könnte ihr Baby alleine großzuziehen.

Doch Christine war nicht in ihrem Quartier und sie suchen wollte sie auch nicht. Schließlich wollte sie niemandem begegnen, denn sie hatte Angst, man könnte ihr ansehen, dass mit ihr etwas nicht stimmte.

Sie hatte Glück und niemand begegnete ihr auf dem Weg zu ihrem Quartier.

So beschloss sie sich etwas hinzulegen und zu versuchen etwas Schlaf zu finden.

Doch sie sollte keinen Schlaf finden.

Artemis war wieder einmal mit einer kaputten Leitung beschäftigt, als das Schiff heftig zu wackeln begann. Wie bei einem Erbeben auf der Erde. Plötzlich explodierte die Leitung, mit der Artemis gerade beschäftigt war. Er bekam einen heftigen Schlag und wurde auf die andere Seite des engen Korridors, in dem er sich befand, an die Wand geschleudert. Er schlug so heftig auf, dass er bewusstlos liegen blieb.

Das Schiff war in einen Meteoritenschauer geraten und hatte einige heftige Schläge abbekommen. Als sie diesem Schauer endlich entkommen waren, musste sich jedes Deck melden, um zu überprüfen, ob auch niemand verletzt wurde.

Es gab mehrere Leichtverletzte. Wie leichte Verbrennungen durch einen umgefallenen Kochtopf, ein Kind war gestürzt und hatte sich eine leichte Prellung zugezogen usw.

Bei der Überprüfung zeigte der Bordcomputer einen Schaden, genau an der Stelle, an der Artemis gearbeitet hatte.

Derjenige, der gerade die Überprüfung am Computer vorgenommen hatte, teilte den Schaden David mit, welcher ja der Kapitän des Schiffes war.

David fiel auf, dass Artemis sich als Einziger nicht gemeldet hatte. Deshalb schickte er sofort jemanden zu der Stelle, an der

Artemis zuletzt gearbeitet hatte. Dort fand man dann den verletzten und bewusstlosen Artemis, der natürlich sofort auf die Krankenstation gebracht wurde.

Er wurde umgehend von einem Arzt, der sich auch an Bord befand, erstversorgt.

Nach genauerer Untersuchung wurde festgestellt, dass er eine schwere Schädelverletzung davongetragen hatte. Diese erklärte auch dessen Bewusstlosigkeit. Man wusste nicht, ob er je wieder aus seiner Bewusstlosigkeit aufwachen würde oder wenn, inwieweit er nicht irgendwelche Schäden davontrug.

David beschloss es sofort Linda mitzuteilen, noch bevor sie es durch Gerüchte erfuhr.

David fiel der Weg zu Lindas Quartier nicht leicht, aber so schwer es ihm auch fiel, er musste es ihr sagen.

Linda stand gerade vor dem Fenster und schaute in die Sterne hinaus. Sie hatte noch zu allem, was heute schon los war, eine innerliche Unruhe, die sie nicht zur Ruhe kommen ließ.

Als David dann kam, wusste sie, dass etwas passiert war.

„Hallo Linda", sagte David, als er ihren Raum betrat.

„Was ist passiert und vor allem wem?", fragte Linda.

„Du hast es wohl schon geahnt?"

„Na ja, ich habe schon seit dem Wieder-Durchgerüttelt-Werden das Gefühl, dass irgendetwas passiert ist. Aber ich konnte nicht sagen, was und wem", antwortete Linda.

„Ja, du hast recht, es ist was passiert. Artemis wurde durch eine Explosion schwer verletzt und liegt im Koma. Unser Arzt kann nichts mehr führ ihn tun, jetzt liegt es nur an ihm, ob er jemals wieder aufwacht", sagte David.

„Artemis hat mir erst vor Kurzem gesagt, dass er sich für dich entschieden hat und er nach unserer Landung sich von unserem Volk trennen will, um bei dir zu bleiben, und das war schon, bevor er von dem Unglück wusste, bei dem seine Partnerin verunglückt ist."

„Darf ich zu ihm?", fragte Linda.

„Das hatte ich ja im Sinne, deshalb bin ich da. Als ich eure Geschichte studierte, habe ich öfters über sogenannte Wunder gelesen. Unter anderem las ich davon, dass Komapatienten wieder aufgewacht sind nur durch die liebevolle Pflege der Angehörigen. Deshalb dachte ich, wenn es jemand schafft ihn ins Leben zurückzuholen, dann du", sagte David.

„Diesen Job übernehme ich natürlich sehr gerne", antwortete Linda.

Als Erstes regelte sie alles, um sich für den Rest der Reise freizustellen zu lassen. Denn sie hatte vor Tag und Nacht an Artemis' Seite zu bleiben, bis er wieder aufwachte.

Als sie Artemis dann sah, wusste sie, dass sie eigentlich nicht mehr überlegen musste, sie liebte Artemis. Als sie endlich alleine waren, sagte sie es ihm auch.

Denn sie hoffte, dass sie ihn damit ins Leben zurückholen konnte.

Natürlich ging das nicht so schnell, aber sein Zustand stabilisierte sich und besserte sich. Nach einer Woche war sein Zustand so weit gebessert, dass er nicht mehr beatmet werden musste.

Täglich kam Joe zu Linda, um nachzufragen, ob es schon was Neues gab, und darauf zu achten, dass Linda auch was zu sich nahm. Denn Linda war seit dem Vorfall mit Artemis kaum aus dem Krankenzimmer gekommen. Sie schlief sogar in seinem Krankenzimmer.

Nun waren sie fast am Ziel ihrer Reise. Sie hatten bereits das Sonnensystem erreicht, in dem sich die Planeten befanden, auf denen sie siedeln wollten.

Wie jeden Tag kam auch an diesem Joe, um nach dem Rechten zu sehen. Aber an diesem Tag hatte Joe nicht im Sinn nur nach dem Rechten zu sehen, sie wollte auch mit Linda über die Zukunft reden.

Joe überlegte lange, wie sie mit Linda reden sollte. Sie war nämlich der Meinung, es wäre besserer Artemis bei seinem Volk zu lassen, da er dort besser medizinisch versorgt werden konnte.

Als Joe zu Linda kam, wusste sie erst nicht recht, wie sie anfangen sollte, aber schließlich fragte Joe, was sie dachte.

Linda meinte, Joe habe zwar recht, aber sie hätte noch eine Woche Zeit sich was zu überlegen und vielleicht hätte sich sein Zustand bis dahin gebessert.

Und er werde aufwachen.

Was Joe in diesem Augenblick dachte, behielt sie für sich. Niemand wusste, ob Artemis je wieder erwachen würde. Aber Joe dachte, es sei vielleicht besser ihr die Illusion, dass Artemis bald aufwachte, so lange wie möglich zu lassen.

Als Joe gegangen war, ließ Linda sich Joes Worte noch mal durch den Kopf gehen, auch wenn sie es nicht wahrhaben wollte, Joe hatte recht. Irgendetwas musste passieren, sie wollte ihr ungeborenes Kind nicht alleine großziehen. Sie wollte Freud und Leid, dass ihr das kleine noch ungeborene Wesen bringen würde, mit Artemis teilen. Sie wollte ihrem Kind nicht von seinem Vater erzählen, sie wollte, dass es mit seinem Vater aufwuchs.

Da fiel ihr Leopoldine ein. Vielleicht konnte sie ihr irgendeine Kräutertinktur geben, die Artemis Zustand bessern konnte.

Leopoldine war gerade im Gewächshaus, wie immer um die Zeit, das wusste Linda und deshalb war es auch nicht schwer für Linda sie zu finden.

Linda bat Leopoldine um ihre Hilfe und um einen Augenblick alleine.

Leopoldine meinte, dass sie in der Gerätekammer, die gleich an das Gewächshaus anschloss, gehen sollten, da sie dort sicher eine Weile ungestört sein würden.

Dort erzählte ihr Linda von Artemis Zustand und auch von dem ungeborenen Kind, das sie in sich trug.

Leopoldine musste nicht lange überlegen und wusste sofort, welches Kraut das beste für Artemis sei. Aber auch ihr gab sie eine Kräutermischung, die sie täglich zu einem Tee aufbrühen und einen Liter davon trinken sollte, auf den Tag verteilt.

Für Artemis waren zweierlei Tinkturen vorgesehen. Die erste Kräutermischung, die aus frischen Kräutern bestand, sollte Linda täglich einen Wickel machen und ihm für eine Stunde auf den Kopf legen. Die getrocknete Mischung sollte ihm Linda drei Mal täglich als Tee einflößen.

Außerdem sollte Linda ihm täglich von ihrem Baby erzählen, denn Leopoldine war davon überzeugt, dass er trotz seines Zustands alles hören konnte, was sie sagte.

Leopoldine sagte aber noch ausdrücklich, dass es keine Garantie dafür gebe, dass es ihm helfen werde, zumal er einer anderen Rasse angehöre. Außerdem konnte keiner sagen, wie schwer sein Gehirn verletzt und es dann vielleicht besser sei, er würde gar nicht mehr aufwachen. Das war etwas, das Linda gern überhörte, denn sie war fest davon überzeugt, dass er wieder aufwachen und wie früher sein würde. Sie wusste, dass er sehr an seinem Kind hing und nicht wollte, dass es ihn nie kennenlernen würde. Er würde, wo auch immer er war, kämpfen, um am Leben zu bleiben.

Linda bat Leopoldine noch darum niemandem von ihrer Schwangerschaft zu erzählen. Leopoldine meinte, dass sie sich keine Sorgen zu machen brauche, sie würde ihr Geheimnis hüten.

Linda verabschiedete sich von Leopoldine und diese wünschte ihr noch viel Erfolg bei der Behandlung.

Dankend ging sie zu Artemis zurück. Sie begann sofort mit der Behandlung.

Schon zwei Tage nach Beginn der Behandlung mit den Naturheilkräutern zeigte Artemis die ersten Regungen und der behandelnde Arzt meinte, dass dies ein gutes Zeichen sei, dass sein Gehirn keine bleibenden Schäden davongetragen hatte und die Wahrscheinlichkeit groß sei, dass er bald erwachen würde. Das war die beste Nachricht, die sie seit Langem erhalten hatte. Aber erst wenn er endgültig erwachte, konnte sie sich auf ihr zukünftiges Leben als Mutter richtig freuen.

In vier Tagen würden sie ankommen auf den neuen Planeten und das war auf dem ganzen Schiff zu spüren, keiner konnte behaupten, dass er nicht etwas nervös war.

Auch die Tiere merkten, dass sich etwas veränderte. Nun bekamen sie täglich Frischfutter, denn die Gärtnerei wurde Stück für Stück aufgelassen. Alles, was sich nicht verpflanzen ließ und auch nicht mehr zur Samengewinnung gebraucht wurde, wurde an die Tiere verfüttert.

Aber nicht nur die Tiere, die vegetarisch fraßen, bemerkten die Veränderung. Täglich wurden die Katzen in den Frachtraum, in dem sich die übrigen Tiere befanden, gesperrt und es wurden drei Mäuse ausgelassen, die sie schon während des Fluges in einem Käfig gezüchtet hatten, die die Katzen fangen mussten. Vorher wurden sie nicht aus dem Frachtraum gelassen. Andere Nahrung bekamen sie nicht mehr. So wollte man sie vorbereiten auf das Leben in der freien Natur.

Täglich setzte man sich zusammen und besprach, wie man vorgehen würde, um so schnell wie möglich ein Dorf aufzubauen. Einige Paare hatten sogar schon Pläne von ihrem zukünftigen Haus angefertigt. Diese zeigte man dann stolz den anderen und alle tauschten Ideen miteinander aus.

Man wusste, dass schon einige der Außerirdischen ihre Ankunft vorbereiteten und sie in der ersten Zeit in einer riesigen Blockhütte wohnen würden, bis sie ihre eigenen Häuser gebaut hatten.

Joe war nur wichtig, dass es auch einen Stall oder zumindest einen Unterstand für ihre Tiere gab.

Aber auch sie wurde beruhigt, es war an alles gedacht worden.

Zwei Tage vor Ankunft auf dem Planeten wollte Robert gerade seine Tasche holen, um einige Sachen, die sie nicht mehr benötigten, bis zur Ankunft zu packen.

Als er gerade die Tasche aufhob, die sich in einem der Frachträume befand, in dem alle Passagiere ihre persönlichen Dinge untergebracht hatten, die sie nicht täglich benötigten, bemerkte er, dass die Tasche nicht ganz geschlossen war, aber er dachte sich nichts weiter dabei. Als er sie schließlich aufhob, bewegte sich was in der Tasche und vor lauter Schreck ließ er sie fallen.

Neugierig, wer seinen Mittagsschlaf störte, schaute Justin aus der kleinen Öffnung, an der der Reißverschluss der Reisetasche etwas offen stand.

Robert erkannte diese Katze sofort. Justin, Lindas Katze, die sich, seit Linda an Artemis Krankenbett war, allerhand Streiche einfallen ließ. Es verging fast kein Tag, an dem er nicht irgendwo irgendwas anstellte.

Und seinen Mittagschlaf machte er an den ungewöhnlichsten Orten. Einmal erwischte ihn Robert, wie sich es Justin gerade in der Wiege seiner kleinen Corinna gemütlich machte. Aber das war dann Robert zu viel, denn Robert hütete sein Baby wie einen Augapfel und Katzenhaare in der Wiege, das konnte er nicht erlauben. Und nun war er in seiner Tasche, seine Kleidung würde jetzt voller Katzenhaare und womöglich auch noch Flöhe sein. Es würde ihm nichts anderes übrig bleiben, als die ganze Kleidung reinigen zu lassen. Zum Glück befanden sie sich noch auf dem Schiff, wo es Waschmaschinen und Trockner sowie Bügeleisen gab. Hätte er erst nach der Landung bemerkt, dass Justin seine Tasche als Katzenkorb benutzte, wäre es schwieriger gewesen.

Robert schimpfte mit Justin, was dieser sich nicht gerne gefallen ließ. Schließlich war er es, der beim Mittagschlaf gestört wurde, und nicht umgekehrt. Also kletterte er aus der Tasche, streckte sich und ging. Irgendwo anders würde er schon ein Plätzchen finden, wo er sich's gemütlich machen konnte.

Zur selben Zeit saß Linda wieder einmal bei Artemis und behandelte ihn wieder einmal mit einem der Umschläge, die ihr Leopoldine empfohlen hatten, und erzähle ihm nebenbei davon, dass sie morgen schon ankommen sollten und wie schön es wäre, wenn sie gemeinsam das Raumschiff verlassen könnten.

In diesem Moment schlug Artemis seine Augen auf.

Als es Linda bemerkte, stieß sie einen Freudenschrei aus. Auch das Gerät, das seine Gehirnströme maß, reagierte und der Arzt wusste Bescheid, dass sich Artemis Zustand verändert hatte. Dieser ging sofort schnellen Schrittes zu seinen Patienten, um zu sehen, was los war. Währenddessen fragte sich Artemis, wo er war und was passiert war.

Als ihm Linda erklärt hatte, was geschehen war, fragte er als Erstes, ob sie sich schon entschieden hätte, da sie ja jetzt lange genug Zeit gehabt hätte, es sich zu überlegen. Aber im Grunde brauchte er gar nicht zu fragen. Allein die Tatsache, dass sie ihn über Wochen hin gepflegt hatte, beantwortete seine Frage. „Das fragst du noch?" Linda beugte sich zu Artemis hinunter und küsste ihn. „Beantwortet das deine Frage?"

In diesem Moment trat der Arzt ins Krankenzimmer.

Dieser traute seinen Augen nicht.

Artemis saß aufrecht im Bett und meinte, was er erst tun müsse, um etwas zu Essen zu bekommen.

Linda war so glücklich, sie konnte es kaum fassen. Artemis war aufgewacht und auch schon wieder zu Scherzen bereit. Ein besseres Zeichen, dass es ihm gut ging, gab es nicht.

Auch der Arzt, der ihn untersuchte, sagte, dass er nichts mehr feststellen konnte, es war, als hätte er nie etwas gehabt.

Nur durch seine lange Bewusstlosigkeit waren seine Muskeln schwach und diese mussten erst langsam wieder aufgebaut werden. Aber das würde jetzt kein Problem mehr sein, schließlich war das im Vergleich dazu, dass er dem Tod von der Schippe gesprungen war, eine Kleinigkeit.

Nachdem Artemis nun aufgewacht war, konnte Linda in Ruhe in ihr Quartier gehen. Dort war bereits Joe, die Lindas Sachen packte. Das hatte Linda ganz vergessen in ihrer Aufregung.

„Hallo Linda", sagte Joe, „was ist los, geht es Artemis besser? Du strahlst so."

„Danke Joe, aber ich werde jetzt selbst weitermachen. Artemis braucht mich nun nicht mehr so dringend. Denn du wirst nicht glauben, was passiert ist! Artemis ist aufgewacht!!!"

Linda konnte es selbst noch nicht glauben.

Joe freute sich sehr über die tolle Nachricht!

„Wie wird es jetzt weitergehen zwischen euch zwei? Ich meine, morgen werden wir ankommen und dann trennen sich die Wege der beiden Rassen", wollte Joe wissen.

„Aber nicht unsere", antwortete Linda.

„Wir werden zusammenbleiben. Er bleibt auf unseren Planeten und wir werden eine Familie sein."

„Eine Familie?" Joe wusste nicht, was Linda damit meinte.

„Na ja, es gibt da was, was du noch nicht weißt", meinte Linda.

„Dass ihr beiden schon lange ein heimliches Verhältnis habt, das ist mir schon lange zu Ohren genommen. Außerdem habe ich von Anfang an bemerkt, dass etwas zwischen euch ist, man brauchte euch ja nur zu beobachten. Du bist keine so gute Schauspielerin, als dass du es verbergen könntest. Aber jetzt wollt ihr es öffentlich machen?"

„Na ja, zum Teil hast du recht, aber es gibt trotzdem etwas, das du nicht weißt!

Ich bin schwanger!"

„Du bist was? Wiederhol das bitte noch mal, ich glaube, ich habe dich nicht richtig verstanden", antwortete Joe.

„Ich bin schwanger!", wiederholte Linda noch mal.

„Bist du dir sicher?", wollte Joe wissen.

„Ja, bin ich, ich habe mich von Simone untersuchen lassen und die hat es mir bestätigt."

„Und ihr wollt das Kind gemeinsam großziehen, du und Artemis?"

„Ja", antwortete Linda.

„Du bist dir hoffentlich im Klaren, dass ein Kind zu erziehen nicht so einfach ist wie auf der Erde, denn hier kannst du nicht gerade in den nächsten Supermarkt gehen und dir Babynahrung kaufen oder Windeln", gab Joe zu bedenken.

„Das ist mir durchaus bewusst, außerdem hätte ich sowieso keine andere Wahl, als das Kind zur Welt zu bringen, auch wenn ich es nicht gewollt hätte. Simone meinte, dass sie zwar rein theoretisch schon in der Lage wäre ein Kind abzutreiben, aber sie würde das Risiko nur im äußersten Notfall, also wenn mein Leben bedroht wäre, vornehmen, da es viel zu riskant sei.

Aber so unverhofft es gekommen ist, ich habe nicht daran gedacht, dass ich es mir wegmachen lasse, denn das wäre in meinen Augen Mord."

Dieser Meinung war Joe allerdings auch, aber sie hatte immer angenommen, dass sie die Erste war, die ein Kind bekam. Aber andererseits dachte sich Joe, wieso sollte ihr Leben jetzt plötzlich so verlaufen, wie sie es sich vorstellte? Nur weil sie das große Glück gehabt hatte auserwählt worden zu sein, um auf einen neuen Planeten zu leben, hieß das noch lange nicht, dass alles so nach ihren Wünschen verlief. Wenn sie so darüber nachdachte, musste sie sich selbst für ihre Gedanken tadeln. Was erwartete sie noch mehr vom Leben? Sie hatte bereits drei wunderbare Pferde und in einigen Wochen sogar fünf. Denn dann würden die beiden Stuten ihr Fohlen bekommen. Außerdem besaß sie eine Katze, die sie auch schon immer wollte. Linda hatte Artemis und würde auch ein Baby haben, dies war eine Tatsache, die sie akzeptieren musste und mehr noch, sie sollte sich für sie freuen. Schließlich hatte sie es verdient.

Da Linda nun selbst ihre Sachen packte und sie nicht mehr brauchte, ging Joe wieder. Sie selbst hatte nicht viel zu packen, also beschloss sie ihre Tiere aufzusuchen. Die Pferde gaben ihr so viel Trost und den brauchte sie auch.

Sie beschloss sich ganz auf die zukünftige Arbeit zu konzentrieren, die würde ihre ganze Kraft benötigen, vor allem, wenn die Fohlen da waren.

Lange blieb sie bei ihren Tieren und sprach mit ihnen, sie erzählte ihnen alles, was sie belastete, auch das, dass sie sich alleine fühlte. Trotz dass sie eine Familie hatte, die hinter ihr stand. Sie verstand sich selbst nicht!

Wieso konnte sie sich nicht über Lindas Glück freuen, wie es sich für eine echte Freundin gehörte? Wieso hatte sie nur Gefühle des Neides in sich? Sie war doch so reichlich vom Glück beschenkt worden, wieso wollte sie noch mehr?

Lag es daran, dass David ihre Gefühle nicht erwiderte und Artemis sich getraut hatte öffentlich zu Linda zu stehen?

Oder hatte sie nur Neid, da sie sich selbst schon seit Jahren eine eigene Familie wünschte und Linda jetzt diesem Traum auslebte, den Joe schon so oft heimlich geträumt hatte.

David hatte Artemis besucht, um mit ihm über die Zukunft zu reden, denn David musste wissen, ob es sich Artemis noch einmal überlegt hatte oder er wirklich entschlossen war sich wegen Linda von seinem Volk zu trennen.

Und ob Artemis entschlossen war! Für ihn zählten nur Linda und ihr zukünftiges gemeinsames Kind. Dies gab Artemis David eindeutig zu verstehen.

Bei diesem Gespräch erfuhr David auch von dem Kind, das unterwegs war. David beglückwünschte ihn dazu und wünschte ihm auch viel Glück für die Zukunft. Danach verabschiedete sich David von Artemis.

Für Artemis war diese Sache nun abgetan. Aber nicht so für David.

Nicht, dass er dachte, Artemis habe die falsche Entscheidung getroffen oder er versuchen würde ihn vom Gegenteil zu überzeugen, nein. Er akzeptierte dessen Entscheidung voll und ganz. Ihm ließ diese Sache nur keine Ruhe, weil er Artemis für seinen Mut bewunderte. Er selbst war ja auch verliebt in eine „Außerirdische", aber er besaß bei Weitem nicht den Mut dazu zu stehen. Er fühlte sich seinem Volk so verbunden und empfand es als Verrat, wenn er sich für Joe entscheiden würde.

Außerdem brauchte ihn sein Volk! Er hatte noch einmal die Mission zur Erde zu fliegen und noch mal einige Menschen und Tiere zu retten.

Aber er wusste, dass es schwer werden würde sich von Joe zu trennen, denn auch wenn er seine Gefühle vor ihr verbarg und nicht gewagt hatte mit ihr eine Beziehung einzugehen, so hatte er seine Sehnsucht etwas stillen können, indem er sie heimlich beobachten konnte. Und das hatte er in letzter Zeit oft gemacht.

Joe glaubte, dass ihr David in letzter Zeit aus dem Weg gehen würde, aber was sie nicht wusste, war, dass kein Tag vergangen war, an dem er sie nicht heimlich beobachtet hatte.

Aber an diesem Tag faste David einen Plan. Er wollte Joe heimlich filmen.

Sein Volk hatte ein System entwickelt, das sich Hologramm nannte. Dies war ein Computerprogramm, das Menschen lebensecht nachstellen konnte. Wie in einem Film, in dem man mitspielen konnte, nur dass die Menschen vom Computer erzeugt und gesteuert wurden.

Mit einer Holokamera wollte er sie fotografieren und dieses Bild dann in die Holodatenbank geben und ein entsprechendes Programm konstruieren.

Er musste Joe auch nicht lange suchen, er fand sie wieder einmal bei den Tieren! Da sie so vertieft war in das Gespräch mit ihren heißgeliebten Tieren, denen sie offenbar ihr Herz ausschüttete, bemerkte sie David gar nicht. Und genau das war es, was er gewollt hatte. So konnte er unbeobachtet ein paar

Schnappschüsse von ihr machen. Auch ein paar Wortfetzen konnte er mit anhören.

Joe war sich sicher alleine mit den Tieren zu sein und so konnte sie ihnen alles sagen, was ihr Herz bedrückte. Als David hörte, wie sie ihren Pferden erzählte, was in ihr vorging, jetzt, da sie wusste, dass Linda ein Kind bekommen würde, da wurde ihm das Herz schwer.

Immer wieder sagte sie, dass sie IHN, David, liebte und sie sich wünschte, er würde sie auch lieben. Und wie gerne sie eine Familie mit ihm gehabt hätte. Darüber hinaus sagte sie, dass es ihr sehr schwer fallen würde, wenn sie ihn nicht mehr sehen könnte. Auch meinte sie, sie würde irgendwann mal als alte „Jungfer" sterben, denn es gab niemanden von ihrem Volk, mit dem sie eine Beziehung eingehen könne. Von den Außerirdischen würde sie außer David sowieso keinen wollen, also würde ihr der Wunsch nach einer eigenen Familie verwehrt bleiben.

Wie zum Trost legte eines der Pferde seinen Kopf auf Joes Schultern und begann an ihrem rechten Ohr spielerisch zu „knabbern". Joe war sehr kitzelig und begann zu lachen und meinte zu dem Pferd, es solle aufhören.

David hörte das Lachen und das war genau das, was er so an ihr liebte.

Zum Glück hatte die Kamera auch ein eingebautes Mikrofon, sodass er ihre Stimme und ihr Lachen aufnehmen konnte.

„Ach, du Schelm, du", sagte Joe zu dem Pferd, „du hast mich falsch verstanden, nicht du, sondern David soll mich küssen."

Nun wurde es David zu viel, er konnte nicht mehr im Verborgenen zuschauen.

In seinen Gedanken sah er sich schon aus seinem Versteck hervorkommen und

Joe stürmisch in die Arme nehmen und seinen Gefühlen freien Lauf zu lassen.

Aber er konnte es nicht, er durfte es nicht, so sehr er es auch wollte.

Er ging lieber wieder unauffällig, denn sein Herz war so schwer. David fühlte ja genauso wie Joe, aber seine Pflicht seinem Volk gegenüber hinderte ihn. Vielleicht, wenn er nach dieser Mission zurückkehrte, würde er anders denken.

Auch Joe ging wieder, da sie noch einige Kleinigkeiten einzupacken hatte.

Schwer würde ihr der Abschied fallen vom Schiff, denn hier war sie in Davids Nähe gewesen und hatte bis zum Schluss die Hoffnung gehabt, dass sich zwischen ihr und David doch noch etwas entwickeln würde. Morgen würde ein neues Leben für sie alle beginnen, ja, ab morgen würde alles anders sein.

So im Gedanken versunken schlug sie den Weg in ihr Quartier ein.

David, der eine Minute zuvor den Frachtraum verlassen hatte, hatte es nicht geschafft sich sofort wieder auf den Weg zu machen. Er war noch einen Augenblick stehen geblieben, um tief durchzuatmen. Er hatte schon lange geahnt bzw. gefühlt, dass Joe Gefühle für ihn hegte, aber dass diese so stark waren, dies hatte er nicht gewusst.

Nach einem Augenblick des Durchatmens und dem Ordnen der Gefühle wollte auch er sich auf den Weg machen. Jedoch war sein Ziel die Brücke.

Doch in dem Moment, in dem er gerade an der Frachtraumtür vorbeiging, kam Joe aus der Tür, die ganz in Gedanken versunken gar nicht darauf geachtet hatte, dass sich jemand vor der Tür aufhielt.

Also geschah das Unvermeidliche und die beiden stießen zusammen.

Joe wollte sich gerade für den Zusammenstoß entschuldigen und sah die Person an, die sie angerempelt hatte. Doch als sie sah, dass es David war, war es um sie geschehen. Ihr Herz raste wie wild und schlug ihr bis zum Hals, die Worte blieben in ihrem Hals stecken und sie vermochte keine Silbe herauszubringen.

Aber auch David ging es nicht anders. Er hatte bereits akzeptiert, dass Joe in ihm Gefühle auslöste, die er bisher nicht gekannt hatte, aber dass sein Herz zu flattern begann und sich Schmetterlinge in seinen Bauch ausbreiteten und er am ganzen

Körper zu zittern begann, nur weil Joe ihn fast berühmte, war überwältigend.

In diesem Moment war sein Gehirn wie leer gefegt, er hatte keine Zweifel mehr. Er dachte auch nicht an die Verpflichtungen seinem Volk gegenüber, er dachte nur an eines. An Joes roten Mund, den er küssen wollte.

Das tat er dann auch. Langsam und zitternd vor Begierde näherte er sich ihrem Mund.

Joe, die von ihren Gefühlen überwältigt wurde, stand wie angewurzelt da und vermochte sich nicht zu rühren.

David hatte Joes Lippen fast erreicht, denen er sich zitternd näherte.

Es war ihm, als ob Joes Lippen Drogen wären, auf welche er Entzugserscheinungen hatte und es jetzt nicht mehr erwarten konnte wieder in einem Rauschzustand zu kommen.

Als er ihre Lippen zärtlich berührte, durchflutete ihn ein Gefühl der Wonne.

Aber auch Erregung machte sich in ihm breit und er hegte nur den einen Wunsch diese mit Joe auszuleben.

Auch Joe ging es nicht anders, sie hatte diesen lang ersehnten Kuss genossen, als ob es der letzte ihres Lebens gewesen wäre.

Und auch in ihr hatte sich die Sehnsucht nach körperlicher Liebe breitgemacht.

Doch in diesem Moment wurde David zur Brücke gerufen und aus war der Traum von zärtlichen Stunden zu zweit. David meldete sich und antwortete, er sei schon auf dem Weg, drehte sich um, entschuldigte sich und meinte, es sei ein Fehler gewesen, und verschwand schnellen Schrittes.

Joe fühlte sich wie vor den Kopf gestoßen. Endlich hätte sich ihr lang gehegter Traum erfüllen sollen und dann fand er ein jähes Ende. „Was war das eben?", dachte sie sich. „Wieso küsst er mich erst voller Leidenschaft und dann läuft er davon?"

Joe verstand die Welt nicht mehr. Hatte sie ihn dazu veranlasst ihn zu küssen?

Nein, das war unmöglich, er war es gewesen, der sie geküsst hatte und nicht umgekehrt.

Doch viel Zeit blieb ihr nicht mehr über dieses Geschehnis nachzudenken. Denn im selben Augenblick wurde eine schiffsweite Durchsage durgegeben.

„An alle Passagiere, aufgrund glücklicher Umstände erreichen wir das Ziel unserer Reise bereits in zwei Stunden und nicht wie geplant erst morgen.

Wir bitten alle sich für die Ankunft fertig zu machen."

Auch das noch, dachte Joe und ich habe noch so viel zu tun. Aber bevor sie an sich selbst denken konnte, ging sie noch einmal zurück in den Frachtraum.

Die Bewegungsfreiheit der Tiere musste eingeschränkt werden, damit bei einer eventuellen unsanften Landung das Verletzungsrisiko der Tiere möglichst gering ausfiel. „Tut mir leid, ihr Lieben", sagte Joe zu allen Tieren, die sich bis jetzt in ihren Boxen frei bewegen konnten und jetzt eng angebunden wurden. „Aber es muss sein, es ist nur zu eurer eigenen Sicherheit, aber in ein paar Stunden habt ihr wieder feste Erde unter euch und grünes Gras als Futter."

Da David der Kapitän des Schiffs war, musste er so kurz vor der Landung alle Fachträume kontrollieren. Auch ob die Tiere schon angebunden waren. Er ahnte, dass dies Joe schon übernommen hatte, aber er musste dies noch einmal zur Sicherheit überprüfen. Als er den Frachtraum mit den Tieren betrat, war Joe gerade fertig mit ihrer Arbeit und wollte gehen.

Als sich die beiden nun abermals trafen, blickte David verlegen zur Seite, als er Joe erblickte, und meinte abermals, dass es ihm leidtue.

So viele Gedanken schossen ihr immer wieder durch den Kopf warum, wieso, weshalb? Jetzt oder nie, dachte sie sich! Wenn ich ihn jetzt nicht frage, dann werde ich es vielleicht nie erfahren. Also nahm sie all ihren Mut zusammen und fragte ihn: „Was tut dir leid? Und vor allem warum?"

„Das ich dich geküsst habe und dir damit falsche Hoffnungen gemacht habe. Ich weiß, dass es ein Fehler war."

„Warum war es ein Fehler?", wollte Joe wissen.

„Das ist schwer zu erklären", sagte David.

Joe musste sich schon sehr zusammennehmen, denn der Ton in seiner Stimme klang nach Abschied. Abschied von einem lang gehegten Traum.

„Bitte versuch es trotzdem, ich will dich einfach nur verstehen und mich nicht immer fragen, was das Ganze zu bedeuten hatte."

„Ich will dir nicht wehtun, das ist der Grund."

Jetzt verstand Joe noch weniger als vorher, was wollte er damit sagen?

„Du willst mir die Wahrheit nicht sagen, weil du Angst hast, dass du mir wehtun könntest? Oder wie soll ich das verstehen?"

„Nein", antwortete David, „du hast mich falsch verstanden, ich will dir nicht wehtun."

Joe war immer noch nicht klar, was David damit sagen wollte. Also fragte sie noch einmal nach. Kannst du es mir bitte deutlich erklären, was du damit gemeint hast? Du sprichst für mich in Rätseln, ich verstehe nicht, was du mir sagen willst.

„Verdammt Joe!", rief David förmlich aus.

„Du rufst Gefühle in mir hervor, die ich bis jetzt nicht gekannt habe, ich verliere fast den Verstand in deiner Nähe, und wenn du mich wie vorhin zufällig berührst, ist es, als ob elektrischer Strom durch mich fliest. Ich will dich berühren, ich will dich verführen, ich will jede einzelne Stelle deines Körpers spüren!"

„Aber genau das Gleiche will ich doch auch!", fiel ihm Joe ins Wort.

Joe verstand das Problem nicht, da sie ja beide offensichtlich dasselbe wollten.

„Aber ich gehöre einer anderen Rasse an, ich werde die nächsten vier Monate unterwegs sein und danach zu meinem Volk zurückkehren. Ich schaffe es nicht so wie Artemis alles hinter mir zu lassen und bei dir zu bleiben", antwortete David.

„Jetzt verstehe ich dich", erwiderte Joe. „Du fühlst dich deinem Volk gegen über verpflichtet und hast Angst, dass du mich mit diesem Kuss verletzt hast."

„Ja, denn ich bin einfach noch nicht bereit mich von meinem Volk zu trennen."

„Okay", meinte Joe. „Aber wenn du mich liebst, denn die Gefühle, die du mir beschrieben hast, das ist Liebe, dann gewähre mir noch einen Wunsch. Danach werde ich dich wortlos ziehen lassen."
„Was wäre der Wunsch?", fragt David erstaunt.
„Schenk mir nur eine Nacht voller Leidenschaft. Ich sehne mich schon so lange nach deiner Zärtlichkeit, und wenn ich sie auch nie wieder erleben werde, so hätte ich wenigstens einmal meinen Traum ausleben können."
Dieses Mal war es David, der wie angewurzelt dastand und kein Wort mehr herausbrachte. Hatte er sich verhört oder hatte ihn Joe nicht wirklich um eine Liebesnacht gebeten? Nein, das konnte nicht sein, er musste sich verhört haben, nicht Joe, die immer sehr zurückhaltend war, was Männer anbelangte.
Joe konnte selbst nicht glauben, was sie da sagte. Aber sie wusste, dass sie David vielleicht nie mehr wieder sehen und vielleicht ihr Leben lang alleine sein würde. Nie hätte sie dies auf der Erde gewagt einem Mann sowas zu sagen. Aber hier, hier war alles anders.
„Hab ich dich richtig verstanden?", fragte David, „du bittest mich um eine Liebesnacht? Bist du dir ganz sicher?"
Joe musste noch einmal durchatmen, es war ihr nicht leicht gefallen über ihren Schatten zu springen und ihm diese Bitte zu unterbreiten.
„Ja", bekam David zur Antwort.
David meinte, er würde nichts lieber tun, als ihr diese Bitte zu erfüllen, aber nur, wenn sie sich ganz sicher sei. Denn die Trennung könne ihr dann noch schwerer fallen, da sie sich dann vielleicht falschen Hoffnungen hingebe.
„Nein", antwortete Joe, „ich bin mir durchaus bewusst, was ich will und welche möglichen Konsequenzen daraus resultieren. Ich werde zu meinem Wort stehen und dich nach dieser Nacht gehen lassen, ohne dich zu halten versuchen."
Joe wusste ganz genau, was sie tat, auch hatte sie dabei einen Hintergedanken.
Nicht etwa, dass sie hoffte ihn halten zu können, nein, vielmehr hoffte sie, dass er nicht an Verhütung dachte und sie möglicherweise schwanger wurde.

Die Zeit war für sie nämlich günstig. Sie war sich auch bewusst, dass sie dann das Kind alleine großziehen musste, und es nie seinen Vater kennenlernen würde. Aber das nahm sie alles in Kauf. Im Notfall würde sie ihre Familie sicher unterstützen.

David zögerte noch mit der Antwort. Zu überraschend war diese Bitte gekommen.

Wie gerne würde er darauf eingehen.

Allein die Vorstellung, dass er jeden Millimeter ihres Körpers erforschen, mit ihr verschmelzen würde und ihren Körper an sich geschmiegt spüren konnte, versetzte ihn so in Erregung, dass er fürchtete, dass man es sehen konnte. Aber was war mit ihm, würde er es schaffen einfach wieder von ihr zu gehen? Konnte er die Kraft dazu aufbringen? Wenn Joe es konnte, würde er es auch schaffen.

„Einverstanden, du sollst deine Nacht bekommen, aber nur, wenn du dir ganz sicher bist; falls du es dir überlegen solltest, dann werde ich das auch verstehen."

„Keine Angst, ich werde es mir nicht noch mal überlegen. Nun aber muss ich noch alles für die Ankunft vorbereiten", sagte Joe und ging in Richtung Tür.

Beide wussten, dass sie sich heute noch einige Male begegnen würden, denn es gab viel auszuladen.

Eine Stunde später war der große Augenblick gekommen und das Raumschiff setzte zur Landung an.

4. Kapitel

Nun war es endlich so weit! Der lange Flug war zu Ende und die neue Zukunft der Menschheit begann.

Auf diesem Planeten konnte das Raumschiff landen, da sie hier nicht befürchten mussten entdeckt zu werden wie auf der Erde. Denn dieser Planet war unbewohnt.

Die direkte Landung hatte auch den Vorteil, dass alles schneller ausgeladen werden konnte.

Die Stimmung auf dem Schiff war sehr gut, aber man konnte auch eine gewisse Spannung bemerken, als das Schiff zur Landung ansetzte. Jedem auf dem Schiff war bewusst, dass auf sie eine neue und völlig unbekannte Umgebung und damit eine ungewisse Zukunft wartete.

Alle waren gespannt auf die neue Umgebung und so kam es allen vor, als dauere die Landung, die nur wenige Minuten in Anspruch nahm, einige Stunden.

Endlich, nach scheinbarer Ewigkeit, spürten sie einen leichten Ruck, als das Schiff aufsetzte. Nun konnte es kaum jemand erwarten endlich den neuen Planeten zu betreten und zu erkunden.

Als die Passagiere, denen man den Vortritt ließ, das Schiff verlassen hatten, waren sie im ersten Moment geblendet. Denn zwei Sonnen schienen von einem türkisblauen Himmel. Aber man gewöhnte sich schnell an die Helligkeit und so sah man auch die Landschaft, die der Erde ähnelte. Es gab riesige farnartige Büsche und viele der Bäume, die in der Umgebung standen, sahen aus wie Palmen auf der Erde. Das Gras besaß bunte Halme und es breitete sich ein bunter Blütenteppich unter ihren Füßen aus.

Sie wurden bereits erwartet. Ein anderes Schiff der Sonnenmenschen war schon gelandet und hatte für die neuen Siedler

Vorbereitungen getroffen. Man hatte ihnen eine riesige Blockhütte aufgestellt, in der die Menschen die erste Zeit über wohnen konnten, bis sie sich ihre eigenen Häuser gebaut hatten.

Da die Sonnenmenschen sehr schnell lernten, hatten sie sich bereits die Sprache der Menschen angeeignet. Und so wurden sie empfangen und über einiges, was die Sonnenmenschen über den Planeten wussten, eingeweiht.

Auch ein großes Gehege war vor der Blockhütte (die übrigens zwei Stockwerke hoch war) errichtet worden, sodass man auch die Tiere ins Freie lassen konnte.

Nachdem die erste Neugier der Menschen befriedigt war, begann man mit dem Ausladen.

Bevor Joe noch ans Ausladen ihrer persönlichen Dinge dachte, begann sie die Tiere auszuladen. Als Erstes brachte sie die Pferde auf die vorab errichtete Koppel. Danach folgten die anderen Tiere. Auch für sie war die Umgebung ungewohnt und so beschnupperten sie erst die Blätter, die auf der Koppel standen, und dann erst begannen sie zu fressen. Joe stand mindestens eine halbe Stunde vor der Koppel und beobachtete die Tiere.

Sie hatte ihnen auch etwas Heu und Strohmitgebracht. Aber die Blätter schienen ihnen zu schmecken und so würdigten sie das Trockenfutter, das sie schließlich die letzten zwei Monate genug bekommen hatten, keines Blickes.

Erst als Joe die Gewissheit hatte, dass es ihren Schützlingen gut ging, lief sie noch einmal zurück, um sich um ihre persönlichen Dinge zu kümmern. Als sie in ihrem Quartier war, staunte sie nicht schlecht, als im Katzenkorb statt einer gleich vier Katzen lagen. Ihre Minka hatte Junge bekommen. Und der Vater der Kleinen konnte nur einer sein – Justin. Denn eines der Jungen war kohlrübenschwarz wie Justin, das zweite war schwarz-weißgefleckt und das dritte sah aus wie seine Mutter.

Joe beugte sich zu Minka hinab und begann sie zu streicheln, was diese gleich mit Schnurren belohnte. „Ach Minka, du machst Sachen, wirst Mutter, während wir gerade gelandet sind." Doch Minka schnurrte nur zufrieden. Dass sie das Quartier nun in Kürze verlassen musste, wusste sie nicht. Aber sie wusste, dass sie sich auf Joe verlassen konnte und ihr und den Jungen kein Leid geschehen würde. Joe beschloss Minka in dieser Nacht noch in ihrer gewohnten Umgebung zu lassen und sie erst am nächsten Tag umzuquartieren.

Außerdem würde sie selbst noch eine letzte Nacht in ihrem Quartier verbringen, und zwar mit David. Allein der Gedanke daran versetzte sie in Erregung.

Joe schaffte nicht mehr viel auszuladen, denn es wurde bereits dunkel.

Man hatte am Abend ein großes Lagerfeuer angezündet. Um das Lagerfeuer herum versammelte man sich, um sich kennenzulernen und zu besprechen, was man am nächsten Tag machte. Die Sonnenmenschen waren sehr nett und wollten bleiben, bis die ersten Häuser standen.

Bei diesem Zusammensein erfuhren die Erdenmenschen auch etwas mehr von den Sonnenmenschen. Unter anderem auch, dass alle als Zwillinge geboren waren.

Auf ihren Planeten waren einzelgeborene Kinder so selten wie bei den Menschen Zwillinge.

Um nicht aufzufallen, wenn sie früher ging, sagte Joe, sie habe noch einige wichtige Sachen auf dem Schiff zu erledigen, und ging nicht zu dem Lagerfeuertreffen.

David hingegen ging hin, um den Schein zu waren. Schließlich waren sich die beiden einig, dass sie ihr Treffen möglichst geheim hielten.

Joe nutzte indessen die Zeit und bereitete alles für diesen Abend vor. Minka und ihre Jungen mussten auch auswandern und wurden kurzerhand in die kleine Küche gebracht, die sich vor Joes Zimmer befand.

Sie dämpfte das Licht in ihrem Zimmer, zog sich aufreizende Wäsche an und kühlte eine Flasche Sekt ein, den sie noch von der Erde mitgebracht hatte.

Joe war fest entschlossen diese Nacht mit David zu schlafen, obwohl das eigentlich nicht ihre Art war.

Aber ihr Leben verlief nicht mehr so wie früher, es veränderte sich komplett. Also wieso sollte sie sich nicht auch verändern?

Sagte sie sich, um sich selbst davon zu überzeugen, dass sie das Richtige tat.

David verabschiedete sich und meinte, morgen sei ein langer Tag und er werde deshalb schon ins Bett gehen.

Man wollte ihn noch nicht gehen lassen, da man gerade so gemütlich beisammensaß und sich unterhielt, deshalb versuchte man ihn zu überreden, dass er noch etwas bleiben solle, schließlich wäre es der letzte gemeinsame Abend, den sie alle miteinander verbrachten.

Doch David ließ sich nicht überreden. Er ging.

Einige Minuten später klingelte es an Joes Quartier. Joe öffnete in einem verführerischen Outfit, das ihre Problemzonen perfekt kaschierte.

David, der Joe noch einmal fragen wollte, ob sie sich ganz sicher sei, was die gemeinsame Nacht anbetraf, war sprachlos. Jede Frage war überflüssig.

Ihr verführerisches Outfit sagte alles. Eigentlich hatte David damit gerechnet, dass sie es sich anders überlegt hatte. Aber nicht mit diesem Outfit.

Joe nahm David bei der Hand und führte ihn in ihr Zimmer. Dort waren bereits zwei Gläser mit Sekt gefüllt und das Licht war gedämpft worden. Das Bett war aufgeschlagen und der Raum duftete nach etwas, das er nicht kannte.

David konnte seine Augen nicht von Joe lassen. Für ihn war sie immer schon schön gewesen, auch wenn sie nicht gerade eine Modelfigur hatte.

Aber heute übertraf sie alles, was er in ihr bis jetzt gesehen hatte. Ihre blonden halblangen Haare hatte sie hochgesteckt. Ihr Gesicht war dezent geschminkt und diese Dessous, die sie trug, waren so verführerisch, dass es ihn im höchsten Maße erregte.

Da David nur eine leichte kurze Leinenhose trug, die noch dazu eng an seinem Körper anlag, bemerkte Joe sofort, was ihr Aussehen bei David anrichtete.

Langsam begann sie ihn auszuziehen und dies machte sie mit einer solchen Zärtlichkeit, dass David meinte es nicht mehr auszuhalten und Joe am liebsten übers Bett geworfen und seiner Erregung freien Lauf gelassen hätte.

Als sie ihm sein Oberteil ausgezogen hatte, streichelte sie sanft seinen Oberkörper mit ihren Händen. Ein leichter Schauer durchflutete seinen Körper. Noch nie hatte er so etwas gefühlt, es war ihm, als durchströme ein Höhepunkt seinen Körper. Diese Berührung fühlte sich so schön an, dass er glaubte danach süchtig zu werden.

Dann trafen sie sich ihre Gesichter zu einem Kuss und erneut durchlief ihn ein Schauer. Er konnte es gar nicht mehr erwarten, bis er Joe endlich ganz spürte.

Doch Joe verstand es das Vorspiel in die Länge zu ziehen, was seine und ihre Erregung ins Unermessliche steigerte.

Endlich gab sie ihm ein Zeichen, dass er ihren BH öffnen dürfe, was er sogleich machte und mit ihren Brüsten zu spielen begann.

Dies ließ wiederum Joe aufstöhnen. Nun wurde auch David mutig und half Joe aus ihrem Slip. Was Joe wiederum veranlasste auch ihn endgültig zu entkleiden.

Joe blieb schier der Atem weg, als sie seine prall gefüllte Männlichkeit sah.

Raum und Zeit existierten in dem Moment nicht mehr für die beiden, sie hatten nur mehr einen Gedanken, nämlich ineinander zu verschmelzen. Vorsichtig drang er in sie ein, was ihn so dermaßen zur Erregung brachte, dass er sofort zum Höhepunkt kam. Joe ging es nicht anders, auch ihre Lust schien zu explodieren.

Doch das war für die beiden kein Grund aufzuhören oder eine Pause einzulegen.

Nein, jetzt begann für die beiden erst richtig das Liebesspiel und sie steuerten einen Höhepunkt nach dem anderen an. Bis die beiden irgendwann vor Erschöpfung einschliefen.

Als sie am Morgen aufwachten, war es bereits heller Tag. David und Joe sahen sich an und es war kein Wort mehr nötig, jeder der beiden wusste, dass es der andere nicht bereut hatte, was in der letzten Nacht geschehen war. Die beiden verabschiedeten sich noch mit einem Kuss, einem letzten Kuss zum Abschied. Danach versuchte David heimlich aus Joes Quartier zu gehen, ohne entdeckt zu werden. Joe war diejenige, die als Erstes die Tür zu ihrem Quartier öffnete, um zu sehen, ob sich jemand im Flur aufhielt. Als sie sah, dass der Flur vor ihrem Quartier leer war, gab sie David Bescheid und dieser verließ ungesehen, wie er glaubte, das Zimmer. Doch als er gerade das Quartier von Joe verließ, kam Linda plötzlich aus einem anderen Flur, der sich mit dem Flur kreuzte, auf der Joes Quartier lag. David fühlte sich ertappt, als ihm Linda entgegenkam, und stammelte irgendwas wie, er hätte noch was Wichtiges zu besprechen gehabt.

Linda hätte sich gar nichts dabei gedacht, dass David aus Joes Wohnung gekommen war, wenn er nicht so eigenartig reagiert hätte, als sie ihn sah.

Eigentlich führte sie ihr Weg nur zufällig bei Joes Quartier vorbei, aber jetzt war sie neugierig geworden und stattete Joe einen Besuch ab.

Als es an Joes Tür klingelte, glaubte sie David wäre zurückgekehrt und hatte ein vielsagendes Lächeln aufgesetzt. Wie überrascht war Joe als Linda statt David in der Tür stand.

„Hallo Linda", sagte Joe ziemlich überrascht.

„Hallo Joe, darf ich dich einen Augenblick stören?"

„Aber natürlich!"

Joe war bester Stimmung, was Linda vermuten ließ, dass das mit David, der gerade aus Joes Quartier kam, zu tun hatte.

„Ich habe gerade David aus deinem Quartier kommen sehen! War er etwa die ganze Nacht bei dir?"

Joe wollte nicht, dass Linda merkte, was wirklich in der letzten Nacht geschehen war, deshalb packte sie, während sie mit Linda sprach, weiter.

„Ach nein, er wollte mich nur etwas fragen wegen der Tiere. Übrigens wollte ich sowieso zu dir heute. Ich muss dir was zeigen", sprach Joe, um vom Thema abzulenken.

Linda ging zum Schein auf das Ablenkungsmanöver ein.

Joe ging mit Linda zum Katzenkorb, wo Minka mit ihren drei Jungen lag und wieder einmal zufrieden vor sich hin schnurrte.

Minka genoss es anscheinend, wenn ihre Jungen bewundert wurden. Auch erlaubte sie nur Anfassen und Streicheln der Jungen, wenn man eines der Jungen aus dem Korb hob, wurde sie ärgerlich.

„Schau dir die Jungen genau an! Kannst du erkennen, wer der Vater der Jungen ist?", fragte Joe Linda.

„Na, ich glaube, das ist nicht schwer zu erraten, da eines der Jungen aussieht wie Justin", antwortete Linda.

„Muss er jetzt Alimente zahlen?", fragte Linda im Scherz.

„Natürlich", antwortete Joe, „und zwar eine Maus pro Tag, solange die Jungen noch so klein sind und nur Milch fressen."

„Aber sobald sie alt genug sind selbstständig zu fressen, vier pro Tag", ging Joe auf den Scherz Lindas ein.

„Na, das werde ich ihm ausrichten, da wird er sich in Zukunft sehr anstrengen müssen." Linda konnte sich das Lachen kaum mehr verkneifen.

„Okay. Da das mit dem Unterhalt geklärt ist, möchte ich wissen, was wirklich letzte Nacht geschehen ist. Dass dich David erst heute früh besucht hat, um dich was wegen der Tiere zu fragen, das nehme ich dir nicht ab", sagte Linda.

„Außerdem strahlst du so vor Freude. Da ist sicher was gelaufen zwischen euch beiden."

„Na gut", antwortete Joe. „Eigentlich sollte es keiner wissen, aber du hast mich anscheinend durchschaut." Also erzählte sie Linda von ihrem Stelldichein und auch davon, dass es ihre Idee gewesen war, da sie Angst hatte nie mehr eine Familie gründen zu können.

Linda traute ihren Ohren nicht! Das hätte sie niemals von Joe gedacht! Nicht von Joe!

„Hast du eigentlich bedacht, falls dein Plan wirklich aufgeht und du schwanger sein solltest, dass du dann alleine mit dem Kind wärst? Außerdem, was ist, wenn es Zwillinge werden? Glaubst du wirklich, dass du das alleine schaffst?

Du müsstest doch am besten wissen, wie viel Arbeit ein Baby macht, schließlich sind deine kleinen Schwestern erst fünf und sechs!"

„Das ist mir alles bewusst", antwortete Joe, „das habe ich alles vorher bedacht! Außerdem ist es für deine Moralpredigt schon zu spät. Und dass es Zwillinge werden, das kann dir genauso geschehen, schließlich bist du auch von einem Außerirdischen schwanger!"

Darauf hatte Linda nichts mehr zu sagen, denn Joe hatte recht. Auch sie war von einem Außerirdischen schwanger, nur mit dem Unterschied, dass es eine ungewollte Schwangerschaft war und der Vater ihres Babys zu ihr stand.

Nun schämte sich Linda. Denn Joe hätte ihr genauso eine Moralpredigt halten können. Aber im Unterschied zu ihr freute sie sich mit ihr.

Linda entschuldigte sich bei Joe und wünschte ihr viel Glück.

Denn wenn Linda genau nachdachte, dann hätte sie sich vielleicht ganz ähnlich in Joes Situation verhalten.

Nachdem Linda gegangen war, begann sie neuerlich ihre Sachen zu packen, denn schließlich musste ihr Quartier bis zum Ende des Tages ausgeräumt sein.

Als sie dann endlich so ziemlich alles gepackt hatte, nahm sie, was sie tragen konnte, und brachte es in ihr neues Zimmer in der Blockhütte, das nun vorläufig ihr Zuhause sein würde, bis sie endgültig ihr eigenes Heim hatte.

Auf dem Weg zur Blockhütte musste sie natürlich bei den Tieren vorbei und konnte nicht anders, als kurz ihre Sachen abzustellen und die Tiere eine Weile zu beobachten. Friedlich standen sie auf der Weide und grasten vor sich hin. Jedoch musste sie jemanden bitten die Koppel zu teilen, damit die männlichen Tiere extra gehalten werden konnten, sodass sie nicht versuchten die trächtigen Weibchen zu decken! Das würde nur zu Reibereien führen, da die Weibchen es sich nicht gefallen ließen!

Lange, dachte Joe bei sich, durfte sie sie nicht besamen lassen, so viele verschiedene Tiere in einer Umzäunung, da bestand die Gefahr von Krankheiten.

Aber über das wollte sie sich heute noch keine Sorgen machen, denn im Moment waren die Tiere nur damit beschäftigen am frischen Gras zu knabbern! Oder sich sozusagen die Beine zu vertreten, denn die Koppel war riesig, sodass die Tiere genug Bewegungsfreiheit hatten.

Immer wieder kam ihr die Erinnerung an letzte Nacht; noch nie in ihren Leben hatte sie Liebe so intensive genossen. Woran das wohl lag?

Daran, dass er einer anderen Rasse angehörte?

Daran, dass sie wusste, dass es kein Morgen gab in dieser Hinsicht?

So sehr sie auch grübelte, sie vermochte es nicht zu sagen.

Plötzlich wurde sie aus ihren Träumen gerissen: „Hallo schöne Frau, brauchst du Hilfe?"

In ersten Moment glaubte Joe, als sie sich umdrehte, David stünde vor ihr. Aber das war nicht David, auch wenn er fast gleich aussah!

„Entschuldige, dass ich dich erschreckt habe", sprach der Unbekannte, „ich bin Xannatos, Xwendrins Bruder." Xwendrin, so hieß David in Wirklichkeit.

Aber der Einfachheit halber nannten ihn die Erdenmenschen David.

Xannatos bot sich an Joe bei dem Ausräumen ihres Quartiers behilflich zu sein.

Da Xannatos einen sehr netten Eindruck machte, war Joe einverstanden. Außerdem konnte sie seine Hilfe sehr gut gebrauchen, denn es waren noch viele Kisten zu schleppen.

Gegen Mittag wurde am Lagerfeuer ein Spanferkel gegrillt und man saß eine Weile beisammen. Joe war froh, dass sie nicht miterleben musste, wie man eines der Ferkel geschlachtet hatte, das sie mitbetreut hatte. Aber so war nun mal die Natur, essen und gegessen werden.

Die Entladearbeiten dauerten länger als geplant und so wurde beschlossen, dass das Schiff erst am nächsten Tag erneut starten würde.

Am frühen Nachmittag war Joe dank Xannatos Hilfe fertig mit dem Ausladen.

Jeder andere hätte jetzt begonnen sich in dem neuen Zimmer einzurichten.

Joe hatte wieder einmal ihren Kopf bei den Tieren. Sie begann ihre Pferde zu putzen und sich Gedanken zu machen über die Einteilung der Tiere. Um Krankheiten oder ungewollte Deckungen zu verhindern, mussten die Tiere nach Rassen getrennt werden.

Als Joe so beim Striegeln in ihre Gedanken versunken war, merkte sie plötzlich, dass sie beobachtet wurde. Sie drehte sich um und sah David.

„Na du Pferdenärrin", sagte David, „Lust auf einen kleinen Ausritt, um die Gegend etwas zu erkunden?" Joe war sehr überrascht! Erstens wusste sie nicht, dass David überhaupt reiten konnte und zweitens wunderte sie sich, dass er für einen Ausritt überhaupt Zeit hatte.

Aber Joe wollte nicht groß fragen wie und warum. Das war nicht so wichtig. Wichtiger war für sie, dass David für sie Zeit und sie die Gelegenheit hatte, etwas Zeit mit ihm alleine zu verbringen.

„Nichts lieber als das", antwortete Joe.

So wurden kurzerhand die Westernsattel ausgepackt und zwei der Stuten gesattelt.

Man nahm mit Absicht die Stuten, da diese nicht so leicht zu erschrecken waren wie der Hengst, und schließlich ging es durch unbekanntes Gelände.

Bei der Landung hatte man von oben gesehen, dass nicht weit entfernt eine Küste lag, und diese steuerten die beiden an.

Sie ritten durch ein Gelände, das dem Urwald auf der Erde glich. Und es war wirklich nicht leicht durch diesen Urwald zu reiten, da ihnen immer wieder umgestürzte Bäume den Weg versperrten.

Tiere bekamen sie nicht viele zu Gesicht, aber dass dieser Wald bewohnt war, das hörten sie. Denn es war sehr laut und die Geräusche waren so unterschiedlich, dass man nicht in der Lage war ein einzelnes herauszuhören.

Nach einer halben Stunde hatten sie einen wunderschönen Strand erreicht. Es war ein Strand, der nur so von Muscheln der unterschiedlichsten Größe übersät war, sodass man nur schwer erkennen konnte, dass dies ein Sandstrand war.

Einige der Muscheln waren wirklich riesig. So groß wie Suppenschüsseln.

Bei diesem Anblick kam Joe auf die Idee, es als Küchengeschirr zu verwenden.

Aber zum Einsammeln hatte sie noch massenhaft Zeit, wenn David abgereist war.

Da es ein sehr heißer Tag war, wäre Joe gerne ins Wasser gegangen, das so wunderschön und türkisblau leuchtete.

Doch sie schämte sich etwas sich vor David zu entkleiden, obwohl sie die letzte Nacht miteinander verbracht hatten.

Als ob David Gedanken lesen konnte, sagte er zu Joe, ob sie nicht Lust auf ein kleines Bad habe. Er wisse mit Sicherheit, dass man an den Stellen im Wasser, wo es noch seicht war, ungefährdet stehen konnte.

Schon sprang David vom Pferd, band es an einen Baum und entkleidete sich. Dann lief er ins Wasser und wartete, dass Joe sich ihm anschließen würde.

Doch Joe zögerte noch einen Moment, aber schließlich stieg auch sie ab und folgte ihm ins Wasser.

Das Wasser was wunderbar warm und es schmeckte genauso salzig wie das auf der Erde.

Die beiden genossen das Wasser und tobten sich aus wie kleine Kinder.

Hier konnten sich beide so kindisch benehmen, wie sie wollten, hier waren sie ganz unbeobachtet.

Nach etwa einer Stunde begaben sich die beiden wieder auf den Rückweg.

Joe war froh, dass David bei ihr war, alleine hätte sie nicht zurückgefunden.

Kurz nach ihrer Rückkehr gingen die Sonnen unter und es wurde dunkel.

Aber auch in der Nacht wurde es nicht ruhiger, denn aus dem naheliegenden Wald hörte man andere Geräusche als am Tag.

Wieder wurde ein Lagerfeuer angezündet und wieder wurde ein Spanferkel gegrillt und Gemüse aus dem Gewächshaus zubereitet. Am nächsten Tag wollten sich eine kleine Gruppe der Männer das erste Mal aufmachen, um zu jagen. Dann würde es sicher andere Kost geben.

Aber man war froh, dass man gut gelandet war, und so gab es niemanden, der sich beschwerte. David war an diesem Tag nicht bei dem allabendlichen Zusammensein am Lagerfeuer dabei. Er meinte, er müsse noch viele Vorbereitungen treffen für den Start am nächsten Morgen.

Joe war jedoch dabei und bekam prompt wieder Gesellschaft von Davids Zwillingbruder Xannatos. Dieser schien an Joe Gefallen gefunden zu haben, denn er rückte die ganze Zeit nicht von Joes Seite.

Schließlich wurde es Joe zu viel und sie meinte, dass sie nun früh ins Bett wolle, da sie morgen viel vorhabe und bereits müde sei. Xannatos wollte sie noch zu ihrem Zimmer begleiten, damit ihr hier in der Fremde nichts zustoßen würde, denn man wisse ja nie auf einem fremden Planeten?

Joe wollte gerade dankend ablehnen, da stand plötzlich David neben ihr und meinte zu Xwendrin: „Du wirst mir die Ehre wohl nicht verwehren die Dame heute an meinen letzten Tag zu begleiten?"

Xannatos war damit ganz und gar nicht einverstanden, aber da sein Bruder morgen in der Frühe abreiste, gab er sich geschlagen und war einverstanden.

Joe war heute das zweite Mal überrascht worden von David.

David aber hatte nicht vor Joe zu ihrem Zimmer zu begleiten, vielmehr entführte er Joe zu seinem Quartier auf dem Schiff.

„Du hast sicher keine Lust diese Nacht alleine zu verbringen?"

Diese Frage wäre überflüssig gewesen, denn er wusste ganz genau, dass Joe nichts dagegen hatte die Nacht mit ihm zu verbringen.

Lachend gab Joe David zur Antwort: „Du glaubst wohl, ich lasse mich so einfach von dir verschleppen und würde auch noch mein Einverständnis dazu geben die Nacht mit dir zu verbringen?"

„Das glaube ich nicht, das weiß ich", bekam Joe zur Antwort.

Als sie Davits Quartier betraten, fielen sie fast übereinander her. So zärtlich und sanft sie beide gestern miteinander umgegangen waren, zählte heute nur die Lust auf wilden und leidenschaftlichen Sex.

Auch in dieser Nacht kamen die beiden kaum zum Schlafen. Und so wurden die beiden aus einem tiefen Schlaf gerissen, als plötzlich ein Klingeln ertönte.

Es war Davids Werker. Es war schon 7 Uhr (nach Erdenzeit 11 Uhr) morgens und es begann draußen zu dämmern.

Nun wurde es in Minutenschnelle taghell sein und Joe wollte nicht, dass irgendjemand bemerkte, dass sie auch diese Nacht mit David verbracht hatte.

Also stand sie zwar noch immer sehr müde auf und verabschiedete sich von David mit einem Kuss.

Sie wollte sich so von David verabschieden, als sähe sie ihn spätestens heute Nacht wieder. Denn hätte sie sich nicht bewusst kurz von David verabschiedet, so wären ihr wahrscheinlich die Tränen gekommen beim Gedanken daran, dass es keinen gemeinsamen Morgen mehr geben würde.

Eine Stunde später wurden David und seine Mannschaft verabschiedet. Denn nun hieß es endgültig Abschied nehmen, das Schiff war restlos ausgeladen. Mensch und Tier waren untergebracht und so gab es für sie keinen Grund mehr zu bleiben.

Alle hatten sich versammelt, um sich zu verabschieden. Und als das Schiff dann endgültig vom Boden abhob, blieben alle noch eine Weile stehen und sahen dem Schiff, das in der Ferne immer kleiner wurde, nach.

Nur Joe verschwand, damit niemand merkte, dass sie den Tränen nahe war.

5. Kapitel

David, der inzwischen auf dem Weg Richtung Erde war, erfuhr von Chantal, dass Joe schwanger war. Chantal, die telepathische Fähigkeiten besaß, hatte den Auftrag von David erhalten mit Joe Verbindung zu halten. Da Joe keine Telepathin war, war diese Verbindung nur einseitig. Chantal hatte schon vor Joe von dieser Schwangerschaft gewusst, sie hatte schon einige Tage nach dem Abflug des Planeten eine Verbindung zu dem neuen Leben gehabt. Auch wusste sie bereits, dass Joe offensichtlich eine Fehlgeburt erlitten hatte. Auch das teilte sie David mit.

Dieser reagierte, wie es in seinem Volk üblich war, und meinte nur, dass es vielleicht besser so sei. Nur keine Gefühle zeigen. Chantal aber wusste, dass es ihn tief in seinem Herzen getroffen hatte. Sie wusste auch von seinem inneren Konflikt, er fühlte sich seinem Volk gegenüber verpflichtet, andererseits kamen immer mehr Gefühle in ihm auf, etwas, was er bis jetzt noch nicht gekannt hatte. Eigentlich besaß sein Volk ja Gefühle, nur wurden sie mit jeder Generation schwächer, da man sehr erfolgreich versuchte sie abzuerziehen. Denn so gab es keinen Neid, keinen Hass und keine Missgunst. Auch Eifersucht wurde so ausgelöscht und ihr Volk wurde mit jeder Generation friedlicher. Kriege gab es schon lange nicht mehr und auch Verbrechen kamen so gut wie nie vor. Daneben gab es auch keine Währung, sodass es weder arm noch reich gab. Kinder wurden schon von frühester Kindheit darauf vorbereitet später einmal einen bestimmten Beruf auszuüben. Alles in ihrer Welt war perfekt geplant gewesen bis jetzt, nun musste sein Volk neu beginnen. David fragte sich, ob es überhaupt noch sinnvoll war all die alten Traditionen aufrechtzuerhalten. Schließlich beschritten sie einen ganz neuen und noch unbekannten Weg.

Artemis hatte sich schon entschieden sein Volk zu verlassen und sich auf ein neues, noch unbekanntes Leben eingelassen und das noch mit einem fremden Volk. Er bewunderte seinen Mut. Ob er eines Tages auch den Mut hatte sein Volk zu verlassen?

Er wollte es nicht zulassen, aber in ihm keimte ein neues, noch unbekanntes Gefühl auf. SCHULD! Er hatte mit Joe geschlafen. Er hatte sie geschwängert! Er war schuld, dass sie jetzt leiden musste unter dieser Fehlgeburt. Wie gerne würde er, wenn er könnte, in die Zeit zurückreisen und all dies ungeschehen machen. Wie hatte er sich nur so vergessen und sich Gefühlen hingeben können?

Sein Volk hatte schon recht, dass es Gefühle nicht zuließ, aber andererseits konnte Fühlen so schön sein. Wie zum Beispiel, wenn man liebte.

Das Gefühl Schuld ließ ihn nicht los und Tag um Tag grübelte er mehr und mehr, ob er nicht auch den Schritt wie Artemis wagen und sich bei seiner Rückkehr von seinem Volk lösen sollte, um bei den Menschen zu bleiben. Aber andererseits, wer weiß, ob Joe ihn dann noch wollte? Vielleicht hasste sie ihn dafür, dass er nicht aufgepasst hatte?

Die zwei Monate Rückflug auf dem Schiff kamen ihm vor wie eine Ewigkeit. Und er war froh, dass sie nun vorbei waren und er, nun da die Ankunft kurz bevorstand, viele Dinge zu erledigen hatte.

Er plante die gleiche Vorgangsweise wie beim ersten Mal, als er sich als Regierungsbeamter ausgab und die Leute für das Projekt begeisterte.

Als Erstes stand auf seiner Liste ein junger Tierarzt, der vor Kurzem durch ein tragisches Unglück seine Frau und seine beiden Töchter verloren hatte. Er war der ideale Kandidat, da er keine weiteren Familienangehörigen hatte und am ehesten bereit sein würde ein neues Leben anzufangen. Sebastian, so hieß der Tierarzt, war Anfang vierzig und wusste im Moment nichts mit seinem Leben anzufangen. Das Unglück, das ihm seine Familie genommen hatte, hatte ihn tief getroffen, sodass er sich selbst tot wünschte.

Außerdem stand eine junge Frau auf der Liste, die Mitte zwanzig war. Ihr größter Traum war eine Hundezucht. Sie war im Moment ohne Job und lebte alleine. Tamara hatte zwar Familie, aber man würde vielleicht ihre Zustimmung gewinnen, wenn sie ihren Traum von einer Hundezucht erfüllen konnte.

Des Weiteren stand noch ein Ehepaar auf der Liste mit zwei Kindern. Patrick und Mayci waren ein ganz besonderes Ehepaar. Sie war zwar Österreicherin, hatte aber viele Jahre in Amerika gelebt und gearbeitet. Patrick war hingegen Kanadier und ein echter Nachfahre eines indianischen Volkes. Die beiden Kinder Breien und Aliascha wuchsen zweisprachig auf. Dieses Ehepaar kam deswegen in Frage, da sie auf dem neuen Planeten unterrichten konnten. Eine Zweitsprache war immer von Vorteil, da sich auf diesen Planeten auch Menschen anderer Kontinente ansiedelten, und deswegen Lehrer gut geeignet waren.

Auch ein ganz besonderes Pärchen stand mit auf der Liste. Die beiden hießen René und Phillipe. Die beiden waren ein schwules Pärchen und deshalb Außenseiter in der Gesellschaft! Aber genau das war es, wonach die Personen ausgesucht wurden. Nach besonderen oder außergewöhnlichen Menschen, die bereit waren in eine neue Zukunft zu starten.

Während David noch die Namensliste studierte, hatte er plötzlich eine Vision. Er sah eine alte Frau, die ihm sagte, dass sich auf dieser Reise noch sein Schicksal erfüllen würde. Dann sah er Joe mit einem strahlenden Lächeln. Danach sah er ein Baby, das ihn anlächelte, aber irgendwie sah das Baby anders aus, aber das Bild war zu kurz zu sehen, als dass er sagen konnte, was ihm an dem Kind komisch vorkam.

Dies war eine sehr seltsame Vision. Diese Bilder, die er sah, hatten für ihn keinen Zusammenhang und er konnte sich diese plötzliche Vision auch nicht erklären, denn normalerweise musste er die Visionen künstlich hervorrufen. Diese Vision beschäftigte ihn noch eine ganze Weile, sodass er sich gar nicht auf seine Namensliste konzentrieren konnte. Erst als Chantal neuerlich zu ihm kam, wurde er aus seinen Gedanken gerissen.

Chantal berichtete ihm, dass sich irgendein ihnen unbekanntes Wesen auf dem Planeten befand, den die Siedler bewohnten, der Joe den Verlustschmerz nahm und es ihr nun wieder gut ging.

Eigentlich sollte David so tun, als ob ihn das alles kalt ließe, aber in Wirklichkeit war er zutiefst erleichtert.

Nun konzentrierte er sich wieder auf seine Liste. Die Liste hatte bis jetzt nur wenige Namen, aber noch einige Berufe, die er mithilfe der Siedler zusammengestellt hatte. Dort hatten sie ihre Wünsche geäußert. Unter anderem war da ein Imker, ein Müller, ein Kutschenbauer usw.

Wenn er auf der Erde angelangt sein würde, würde er sich mit einer Arbeitsagentur auseinandersetzen, um solche Leute ausfindig zu machen.

Manche der Berufe galten als so gut wie ausgestorben und es wäre unter Umständen nötig sie aus einem anderssprachigen Land zu holen.

Die Hälfte der Strecke zur Erde war bereits zurückgelegt und David dachte immer noch ständig an Joe. Er schaffte es einfach nicht, nicht an sie zu denken. Sogar in seinen Träumen verfolgt sie ihn.

So sehr er sich auch bemühte seine Gefühle abzuschütteln, es gelang ihm einfach nicht. An die Vision mit dem Baby dachte er kaum noch, bis ihm plötzlich wieder eine Vision ereilte, in dem ihm wieder die alte Frau erschien und ihm sagte, dass es unendlich wichtig sei, dass er sich auf der Erde eine Stute mitnahm, die es gewohnt war gemolken zu werden. Warum und wieso, das sagte sie ihm nicht, nur dass er sehr wichtig war.

Diese Vision hatte er nun fast täglich bis zur neuerlichen Ankunft auf der Erde.

Auf der Erde hatten sich die Menschen inzwischen nicht gerade zum Positiven entwickelt. Es herrschte allseits Kriegsstimmung. Als hätten die Menschen aus vorangegangenen Kriegen nichts gelernt, gab es mehr und mehr Gewalt.

David setzte sich mit einer Arbeitsagentur in Verbindung, um die Leute zu finden, die er für das wieder Ansiedlungsprojekt noch brauchte.

Es war nicht sehr schwierig eine Liste mit Namen und Berufen zu bekommen, denn es gab zurzeit sehr viele Arbeitslose.

6. Kapitel

Auf der Erde angekommen, überließ er es seiner Crew die Leute ausfindig zu machen und sie zu überzeugen mitzukommen, was im Moment sicher nicht schwer sein durfte bei der Aussicht weg von Gewalt und Hass zu kommen.

David hingegen machte sich auf die Suche nach einem Bauern, der bereit war seine Milchstute zu verkaufen. Mit etwas Glück und Verhandlungsgeschick würde das sicher auch kein Problem werden.

Da Stutenmilch für die Schönheitskosmetik groß angepriesen wurde, war es nicht schwer einen Bauern zu finden, der eine solche Stute besaß. David vereinbarte einen Termin und besuchte ihn zur vereinbarten Zeit.

Der Bauer allerdings war aber gerade so beschäftigt mit seiner Frau eine lautstarke Diskussion zu führen, dass er David gar nicht bemerkte.

Sodass David das Gespräch mit anhörte, ohne es zu beabsichtigen.

„Ich werde ihn ganz einfach erschlagen, er merkt es ja noch nicht."

„Muss das wirklich sein, vielleicht entwickelt er sich ja noch ganz normal."

„Ich weiß schon, was ich tue, es ist ein Albino, die sind meist blind und taub, was mache ich mit so einem? Abkaufen tut man mir den auch nicht!"

Jetzt wurde David erst recht neugierig und wollte wissen, um was es ging. Also ging er den Stimmen nach in die Scheune, wo der Bauer mit seiner Frau stand und einen kleinen Welpen in der Hand hielt.

Die Hündin, die offensichtlich die Mutter des Jungen war, sah den Bauer ängstlich an und winselte. Sie spürte offensichtlich, was der Bauer mit einem ihrer Welpen vorhatte.

David machte sich bemerkbar.

Der Bauer wollte sich gerade darüber aufregen, was er hier zu suchen hatte, da stellte sich David vor und sagte, dass sie einen Termin vereinbart hatten.

Da beruhigte der Bauer sich wieder, denn er witterte ein gutes Geschäft. Er drückte seiner Frau den Welpen in die Hand und meinte nur, er würde sich später darum kümmern. Dann verließ er mit David die Scheune und ging mit ihm zum Stall, um ihm seine Stuten zu zeigen. Er hatte drei Haflingerstuten, die alle Fohlen hatten und sich melken ließen. David entschied sich für eine, die erst vor Kurzem ihr erstes Fohlen bekommen hatte und folglich die jüngste der drei war. Außerdem schien sie ihm die kräftigste zu sein. David war bereit einen Preis zu zahlen, der höher war, als die Stute und ihr Fohlen wert waren. Aber er knüpfte damit die Bedingung, dass der Albino-Welpe nicht getötet wurde und er so lange noch bei seiner Mutter bleiben durfte, bis er von David abgeholt wurde. Zudem wollte er, dass der Bauer einen Monat lang eine Praktikantin ausbildete, die David ihm schickte. Er bezahlte die Hälfte des vereinbarten Preises sofort, die andere erst, wenn er die Tiere in ungefähr einem Monat abholen würde.

Die Frau des Bauern, die heimlich gelauscht hatte, freute sich über den Käufer. Durch den hohen Preis, den er zahlte, hatte ihr Mann in nächster Zeit sicher gute Laune. Und außerdem durfte der kleine Albino weiterleben und bekam ein neues Zuhause.

Eine Praktikantin sollten sie außerdem bekommen und dafür, dass sie ihr die Arbeit erleichtern würde (denn die Stallarbeit blieb meist an ihr hängen), bekamen sie sogar noch was bezahlt.

Sie wünschte sich, es gebe mehr solcher Kunden.

David wusste sofort, dass er Joe mit dem kleinen Kerl eine Freude bereiten würde.

Danach suchte er Tamara auf und besprach mit ihr seinen Plan.

Er wollte nämlich Tamara als Praktikantin einsetzen, denn sie sollte nach diesem Monat während des Fluges die Pferde betreuen. Tamara war nicht schwer für Davids Pan zu gewinnen. Sie hatte hier ohne Job keine Zukunftsaussichten und mit ihrer Familie hatte sie sich auch zerstritten. Außerdem war David nicht alleine, er hatte Chantal dabei, die Tamara beeinflusste.

Doch Tamara brauchte gar nicht beeinflusst zu werden. Sie war begeistert von diesem Vorschlag.

Sie liebte Tiere und Snowbell, so sollte der kleine Welpe heißen, der dem Tod noch mal entronnen war; um ihn würde sie sich besonders kümmern.

Sie wunderte sich zwar etwas, dass gerade sie für dieses Regierungsprogramm ausgewählt wurde, „aber was soll's", dachte sie sich.

Hier habe ich ja nichts mehr zu erwarten. Außerdem durfte sie sich zwei Hundewelpen (einen Rüden und eine Hündin) mitnehmen.

Der Rüde sollte eine Deutsche Dogge sein und für die Hündin hätte sie gerne einen Golden Retriever.

Alles verlief nach Plan. Tamara war begeistert von ihrer neuen Aufgabe als Praktikantin, sodass sie nach diesem Monat die Aufgabe als Praktikantin in Zukunft sicher gut meistern würde. Auch David hatte keinerlei Probleme diejenigen zu finden, die die geforderten Berufe erlernt hatten. Es war einfach die Leute vom „Regierungsprogramm" zu überzeugen, da es in dieser Zeit sehr schlecht mit den Arbeitsplätzen stand. Jedoch würde er die Anzahl der Menschen, die er mitnahm, mindestens um fünf Personen überschreiten, als er maximal geplant hatte. Denn viele hatten Familie und waren natürlich nicht bereit sie zurückzulassen. Die Tage verflogen und die Wochen ebenso. Wieder waren sie mit den Vorbereitungen und Unterbringung von Tieren, Pflanzen und Gebäck beschäftigt, sodass die Zeit des Abfluges auch schon wieder da war. Die Mannschaft des Raumschiffes hatte ja bereits Erfahrung in diesen Dingen und so wollte man alles so wie beim ersten Mal durchführen. Auch während des dreimonatigen Flugs würde man alles so machen, wie beim letzten Flug, da es sich gut bewährt hatte.

So gab es keinerlei Probleme und das Raumschiff startete zum zweiten und letzten Mal in Richtung Two Sun.

7. Kapitel

Der letzte Shuttle war an Bord und das Raumschiff konnte nun seinen Kurs aufnehmen. Dieses Mal war es Tamara, die sich um die Tiere kümmerte, aber sie bekam Hilfe von dem schwulen Pärchen. Nur Snowbell blieb bei David. Tamara hatte sich ja selbst um zwei Welpen zu kümmern, was bei den beiden verspielten Tieren nicht immer ganz einfach war.

David stellte sich oft vor, wie es sein wird, wenn er Snowbell Joe übergab. Sicher würde aus dem kleinen verspielten Wollknäuel in drei Monaten bereits ein junger Hund werden, aber er würde sich sicher schnell an Joe gewöhnen.

Es wurde zur Gewohnheit, dass Snowbell David auf Schritt und Tritt begleitete. Selbst in sein Bett wollte sie ihn begleiten, das jedoch ging David zu weit. Ihre Schlafstelle bekam sie zwar in seinem Zimmer, aber neben seinem Bett. Aber sie schaffte es immer wieder sich heimlich in Davids Bett zu schleichen, wenn er schlief, und so wachte er morgens meist mit sehr schön gewärmten Füßen auf, da Snowbell tief und fest schlief, aber eben nicht in ihrem Bett, sondern auf Davids Füßen. Die ersten zwei Monate ging alles seinen gewohnten Gang und alles verlief reibungslos. Man katte ja schon Erfahrung mit Passagieren, und dass das System beim ersten Flug mit den „SIEDLERN" so gut funktionierte, hatte man es auch dieses Mal beibehalten. David dachte auch nur mehr selten an seine Visionen und fragte sich, wieso er unbedingt die Haflingerstute mitnehmen musste?

Na ja, auch egal, dachte er sich, Joe würde sich über ein weiteres Pferd freuen und betreut wurden sie ja im Moment auch ganz gut von Tamara. Eigentlich wollte sich David nun ganz auf seine Arbeit konzentrieren. Er wollte Logbucheintragungen vornehmen über die Geschehnisse der letzten Tage, um sie für künftige Generationen festzuhalten. Aber seine Gedanken schweiften immer wieder ab zu Joe. Als er sich selbst dabei ertappte, kam ihm ein Fluch über die Lippen. Was hatte die Frau an sich, das ihn so faszinierte? Es musste doch möglich sein seine Gefühle unter Kontrolle zu behalten, schließlich war er jahrelang darauf geschult worden. Doch diese Frau hatte sein inneres Gleichgewicht total durcheinandergebracht.

Manchmal verfluchte er sein Volk dafür, dass es keine Emotionen zuließ, aber andererseits hatte es damit auch ein viel leichteres Leben.

Immer wieder schwankte er in dieser Zeit zwischen den Regeln seines Volks und dem Leben der Menschen.

Beides hatte seine Vorteile und beides seine Nachteile. Was wäre, wenn er sich für ein Leben mit Joe entscheiden würde? Was wenn nicht?

Wenn er sich für ein Leben mit Joe hingeben würde, durfte er Gefühle leben, jedoch musste er sein Volk aufgeben. Jetzt, wo auch für sein Volk eine neue Zukunft anbrach. Auch für seine Leute war es ein totaler neuer Anfang.

Als er noch so vor sich hin grübelte, wurde er vom Mikrofon seines ersten Offiziers unterbrochen. Er teilte ihm mit, dass sie von einer Raumkapsel verfolgt wurden.

Und das schon seit einer geraumen Zeit. Aber es sei von keiner Gefahr auszugehen, da ihre Schiffssensoren keine Art von Bewaffnung aufwiesen und es nur sechs Lebenszeichen gab und diese nur sehr schwach angezeigt wurden.

David ließ Chantal kommen, damit diese telepathischen Kontakt aufnehmen könnte, um zu wissen, was es mit diesem Raumschiff auf sich hatte.

Kurze Zeit später erschien Chantal und versuchte Kontakt mit den Lebewesen aufzunehmen. Ganz gelang es ihr nicht. Sie konnte nur spüren, dass diese auf Hilfe angewiesen waren.

Also beschloss man sich die Sache näher anzusehen. Da man nicht in die Raumkapsel hinein konnte, da sie nicht größer als ein Auto auf der Erde war, wollte man versuchen sie an Bord zu holen.

Als David gerade Anweisungen geben wollte das Schiff an Bord zu holen, nahm die Raumkapsel Fahrt auf und „parkte" vor einen der Laderäume, in dem die Shuttles untergebracht waren! David gab Anweisung das Tor zu öffnen.

Dieses geschah und die Raumkapsel flog hinein. Kaum war die Raumkapsel im Inneren des Schiffes gelandet und das Tor wieder verschlossen, sodass man wieder Sauerstoff im Frachtraum hatte, ging David als Erster hinein, um die Raumkapsel zu untersuchen, gefolgt von den anderen seiner Mannschaft.

Als man so dastand und die Kapsel in Augenschein nahm und sich fragte, wie man diese wohl öffnen könne, öffnete sich plötzlich eine Klappe der Raumkapsel und man sah die Lebewesen. Jetzt wusste man auch, warum in dieser kleinen Kapsel sechs Lebewesen Platz hatten. Es waren Babys.

Sie sahen zwar den Menschen ähnlich, aber doch unterschieden sie sich in Haut- und Haarfarbe.

Eine Minute später wurde die geöffnete Kappe zu einem Bildschirm, auf der eine ältere Frau erschien und sie über diese Raumkapsel aufklärte. Zu Davids Überraschung war dies die Frau aus seiner Vision.

Die Frau sprach: „Ich bin die Weise meines Volks, das sich selbst ‚die Wächter der Natur' nennt. Die Menschen auf unseren Planeten waren in sechs Rassen eingeteilt. Mond, Sonne, Wasser, Luft, Feuer und Erde. Das sah man an der Hautfarbe wie bei unseren sechs Auserwählten, wie ihr sicher schon festgestellt habt. Mein Volk hat immer in Frieden und im Einklang mit der Natur gelebt, leider aber wurde uns unsere Sonne zum Verhängnis. Sie wurde jährlich heißer und heißer und machte unseren Planeten zu einer unbewohnbaren Wüste.

Uns blieb zu wenig Zeit ein Raumschiff zu bauen, das uns Überlebende aufnehmen konnte! Doch unsere Techniker und Wissenschaftler haben es dennoch rechtzeitig geschafft diese Raumkapsel zu konstruieren und sechs unserer Neugeborenen in eine Art künstlichen Tiefschlaf zu versetzen, sodass ihre Lebensfunktion nur mehr auf einem Minimum war.

So konnten sie lange Zeit in dieser Raumkapsel überleben und ziellos durchs All schweben, immer in der Hoffnung eines

Tages von einer fremden Rasse aufgenommen zu werden, die sie wie ihre eigenen Kinder aufzieht.

Wir wussten schon lange, dass es noch andere Lebewesen wie uns gibt, aber wir wollten keinen Kontakt mit ihnen, da wir im Einklang mit der Natur lebten und keine Einmischung von außen wollten, so mussten wir uns in unser Schicksal ergeben, und das war mit unseren Planeten zu sterben. Auch mein Körper lebt nicht mehr, aber ich habe es geschafft meinen Geist von meinem Körper zu trennen und so auf unsere Lieblinge zu achten. Da auch ihr telepathische Fähigkeiten besitzt, konnte ich mich mit einem von euch in Verbindung setzen und euch so dazu bringen Vorbereitungen zu treffen für die Ankunft unserer Kinder. Da unsere Kinder genau wie eure Säuglinge sind, ist es wichtig, dass sie die erste Zeit nur Milch bekommen und darum habe ich euch beeinflusst eines eurer Tiere, die ihr Pferde nennt, mitzunehmen. Diese Milch werden sie vertagen, sie ist der unseren ähnlich. In ein paar Monaten, wenn die Kinder erst mal größer sind, werden sie sich eurer Nahrung anpassen.

Ich kann euch nur bitten sie aufzunehmen und so auch unser Volk vor dem Untergang zu bewahren.

Nun habe ich meine Pflicht erfüllt und ich kann endlich in die Ewigkeit eingehen sowie die Anderen meines Volks."

Damit erlosch der Bildschirm wieder und alle standen da und wussten nicht so recht, wie es jetzt weitergehen sollte. Da die Kinder nun erwachten, nahm jeder eines vorsichtig aus der Raumkapsel.

Kurze Zeit später wurden alle auf dem Schiff zusammengerufen, die Mannschaft und auch die Passagiere.

Danach berichtete David, was geschehen war, und bat um Freiwillige, die sich um die Babys zumindest während des Fluges kümmerten.

David wusste, wäre Joe hier, sie würde die Erste sein, die sich um eines der Babys kümmern würde.

Nun mussten die Babys ja auch einen Namen bekommen. Einige hatten wirklich gute Vorschläge. Aber dann sagte einer der Frauen von den Passagieren, dass man sie nach ihrem Aussehen benennen könne. Ungewöhnliche Kinder, ungewöhnliche Namen.

Mit diesem Vorschlag erklärten sich alle Anwesenden einverstanden und so bekamen sie ihre Namen.

Das erste Baby hatte weiße Haare und eine hellblaue Hautfarbe und auch die Augenfarbe war blau. Es war ein Mädchen. Also nannte man sie Luna (Mond).

Das zweite, ein Mädchen, hatte rote Haare mit gelben Strähnen und auch ihre Augen waren rot. Man nannte sie Venus.

Der dritte hatte graue Haare und eine graue Hautfarbe, auch seine Augen waren in Hellgrau gefärbt. Nur seine Wangen glänzten im zarten Rosa. Man nannte es Storm (Sturm).

Die vierte, wieder ein Junge, hatte braunes Haar in den verschiedensten Schattierungen von dunkelblond bis fast schwarz. Auch ihre Hautfarbe war in einem schönen gleichmäßigen Mittelbraun und ihre Augen waren hellbraun. Man nannte es Earth (Erde).

Das fünfte, wieder ein Junge, hatte blaues, lockiges Haar und eine blaugrüne Hautfarbe. Seine Augen waren in einem wunderschönen Tiefblau, als sehe man ins blaue Meer. Man nannte es Bule.

Das sechste, wieder ein Mädchen, hatte Haare als seien sie aus Gold und auch ihre Hautfarbe hatte einen goldgelben Ton! Und ihre Augen glitzerten wie zwei goldene Kirschen. Man nannte sie Sanny.

Und noch was Außergewöhnliches hatten alle der Kinder an sich. Am Haaransatz hatten alle Kinder so eine Art größere Sommersprossen. Jeder in seiner Hautfarbe, nur etwas dunkler, sodass man sie auch sah.

Die Erste, die sich eins der Babys aussuchte, war Snowbell. Plötzlich stand sie bei den Babys und schleckte Sanny das Gesicht. Diese hatte nicht etwa Angst vor ihr, ganz im Gegenteil, Sanny begann vor Freude zu glucksen!

Auch David war vom ersten Moment an von Sanny fasziniert, da sie ihn mit ihrem goldblonden Haar an Joe erinnerte.

Plötzlich wurde ihm bewusst, was er zu tun hatte. Auch er würde sich von seinem Volk lossagen und er wollte mit Joe Sanny großziehen. Nach dem Verlust, den Joe erlitten hatte, würde sie diese Aufgabe sicher gerne übernehmen, dessen war er sich sicher.

Wahrscheinlich gab es genug Freiwillige, aber irgendwann sagte jemand der Passagiere, dass es vielleicht besser sei die Babys vorerst nicht zu trennen.

Schließlich kam man zum Entschluss, dass man sie in eines der leeren Quartiere unterbringen würde und sich abwechselnd um die Kinder kümmern würde. Das war ein guter Plan, meinte auch David. Schnell wurde ein Plan entworfen, wann sich wer um die Kleinen kümmern würde.

Noch ein Problem gab es zu lösen. In dem Quartier gab es zwar ein großes Doppelbett, in dem alle sechs bequem Platz hatten, aber keine Gitterstäbe, sodass sie rausfallen konnten.

Da Frauen bekannterweise immer schon die Zukunft vorausplanten, hatten die meisten bereits Gitterbetten mit an Bord gebracht. Diesen wurden die benötigten Teile entnommen und aus einem Doppelbett wurde ein Kinderbett.

Und die süßen Babys taten ihr Übriges, da sie mit ihrem Lächeln alle verzauberten.

Milch gab es für die Babys genug, denn die Stute gab reichlich, sodass weder ihr Fohlen noch die Babys zu kurz kamen.

Auch gab es keinerlei Probleme mit der Fütterung. Alle Frauen unter den Passagieren hatten sich auf der Erde schon vorsorglich mit Babyfläschchen, Kinderkleidung, Stoffwindeln und Spielzeug eingedeckt.

Mann bzw. Frau dachte schon voraus und wusste, dass es dort keinen Supermarkt gab, in dem man das einfach kaufen konnte. Jede der Frauen war bereit einiges davon für die süßen sechs zu verwenden.

David hoffte, dass auch in seinem Volk ein Umdenken einsetzen würde. Auf dem Planeten, auf dem die Menschen der Erde jetzt wohnten, würde es in Zukunft Menschen geben, die von drei verschieden Planeten stammten.

Alle vom Schicksal vereint. Auf in eine ungewisse und neue Zukunft.

David blieb von nun an von seinen Visionen verschont. Nur einmal sah er im Traum noch die alte Frau. Sie sagte zwar nichts, aber sie lächelte zufrieden, so, als ob sie mit den neuen „Adoptiveltern" einverstanden war. So zumindest legte es David für sich aus.

Auch er konnte sich den süßen Babys nicht entziehen. In seiner spärlichen Freizeit zog es ihn immer wieder wie ein Magnet zu den Babys. Er ließ sich von den Frauen zeigen, wie man sie hielt oder gar fütterte. Und natürlich kam er nicht alleine. Snowbell war immer dabei und immer mitten im Geschehen.

Sie sprang sogar aufs Bett und legte sich zwischen die Babys. Aber wenn möglich suchte sie immer Sannys Nähe. Einmal wollte einer der Frauen Sanny aus dem Bettchen nehmen, während diese noch schlief, so begann Snowbell sofort zu knurren.

Tamara war unterdessen meist in den Frachträumen, wo die Tiere untergebracht waren, beschäftigt. Und natürlich wurde sie immer von ihren beiden Welpen begleitet. Es machte ihr riesige Freude sich um die Tiere zu kümmern und durch Reden wurden sie und Phillipe dicke Freunde. René war etwas ruhiger, aber Phillipe war immer zu Scherzen aufgelegt. So wurde der Alltag auf dem Schiff nie langweilig. Denn schon alleine die jungen und natürlich sehr verspielten Hunde sorgten für Unterhaltung. Vor allem, wenn alle drei zusammentrafen, wurde gebalgt oder um die Wette gerannt, sodass man aufpassen musste, wenn man ihnen in die Quere kam, dass sie einem nicht umrempelten.

Philippe, der von sich selbst behauptete, mit Kindern nicht viel am Hut zu haben, war ständig umringt von den Kindern; da er immer Späße mit ihnen machte, war er natürlich beliebt bei ihnen. Dieses Mal beschränkte sich die Zahl der Kinder abgesehen von den fünf Babys nur auf sieben im Alter von fünf bis zwölf.

Snowbell war nun als Aufpasserin von dem Baby eingeteilt. Sie war kaum wegzubringen von ihnen. Einzig, wenn David zwei Mal am Tag seine Schiffsrunde machte, war sie stets pünktlich zur Stelle. Denn sie wartete darauf in das Gewächshaus zu gelangen.

Sie hatte gelernt dort ihr „Geschäft" zu verrichten. Nachdem David seine Schiffsrunde beendet hatte, begab sie sich wieder zu „ihren" Babys. Ausnahme war nur, wenn sie den beiden anderen

Welpen begegnete. Dann wurde natürlich erst mal ausgiebig auf den Weiten Schiffsgängen gehetzt und gebalgt. Kam ihnen wer in ihrer Spielphase in die Quere, so musste dieser Standhaftigkeit bewiesen, denn dann gab es für die Welpen, die ihren Spieltrieb nachgingen, keine Rücksicht auf Verluste. Derjenige wurde einfach umgerannt.

So verging die Zeit bis zur Ankunft auf dem neuen Planeten wie im Flug. Es wurde nie langweilig, es gab immer was zu tun oder zu erleben.

Schon zählte man nur mehr Tage bis zur Ankunft. Da gab es schon wieder Neuigkeiten. Phillipe und René hatten beschlossen nach der Ankunft auf dem neuen Planeten zu heiraten. Außerdem beschlossen sie eines der Babys zu nehmen. Da die beiden nicht die Möglichkeit hatten ein gemeinsames Kind zu zeugen, waren alle einverstanden. Die beiden entschieden sich für Blue.

Phillipe, der mehr der weibliche Teil der beiden war, wollte die Erziehung übernehmen und ließ sich so von nun an in Kindererziehung von den Betreuerinnen der Babys ausbilden. Er sog das Wissen förmlich in sich auf und kümmerte sich vor allem um Blue, um schon mal eine Beziehung zu ihm aufzubauen! Auch René kam öfters zu Blue und spielte mit ihm, was Blue immer großes Vergnügen bereitete. Aber mit Wickeln und Füttern hatte er es nicht so, das überließ er lieber Phillipe. Er wurde auch später mit den Männern arbeiten und Philippe die Erziehung weitgehend überlassen.

Und so kam der Tag der Ankunft. David konnte es kaum erwarten Joe wiederzusehen und ihr Snowbell zu schenken. Allerdings würde sich Snowbell kaum von Sanny trennen lassen. Also gab es nur eine Lösung für das Problem. Nur Joe musste auch einverstanden sein.

8. Kapitel

Während David sich ein letztes Mal auf den Weg nach Two Sun machte, waren dort bereits vier Monate (neue Zeitrechnung) vergangen! Linda war nun schon kurz vor der Geburt! Dass sie Zwillingen erwartete, wusste sie schon! Da es bei Artemis Volk auch so was wie eine Hochzeit gab, beschlossen die beiden jedoch noch vor der Geburt zu „heiraten". Es würde keine Hochzeit sein, so wie man sie auf der Erde kannte, und auch keine Verbindungszeremonie wie auf Artemis Planeten! (Auf Artemis Planeten wurde zwei Mal geheiratet! Da es mehr Frauen als Männer gab und jede Frau nur einmal in ihrem Leben Zwillinge gebären konnte, bekam ein Mann zwei Frauen! Diese konnte er jedoch nicht selbst aussuchen! Es gab auf seinen Planeten in jedem Dorf und in jeder Stadt einen Ältestenrat, der bestimmte, wen er zu heiraten hatte und wann! Die Männer wurden meist mit 21 und die Frauen mit 16 verheiratet! Liebesheirat gab es nicht!). Da die beiden gerade erst in ihr Haus eingezogen waren, wollten sie eine Einweihungsparty mit der Hochzeit verbinden! Für alle war das eine willkommene Abwechslung, da der Alltag alles andere als leicht war hier auf dem Planeten! Die Frauen halfen alle bei den Vorbereitungen! Es wurde gebacken von Kuchen bis Brot. Es wurden Früchte gesammelt, zwei Ferkel und einige Hühner wurden auch geschlachtet! Man hatte inzwischen schon einiges von den einheimischen Früchten kennengelernt und wusste, was essbar war! Einige der Frauen hatten Linda aus getrocknetem Grashalm und Federn (hier gab es einen Vogel, den sie Paradiesvogel nannten, weil er ein wunderschönes schillerndes Gefieder besaß) ein Kleid gebastelt! Endlich war der große Tag gekommen, es war ein Sonntag! Joe half Linda beim Ankleiden!

Sie sah ungewöhnlich, aber auch wunderschön aus! Ob sie Vorreiterin wurde und das nun die neue Hochzeitsmode wurde? Auch die Haare wurden ihr gerichtet! Ein bisschen Schminke, welche man noch mitgebracht hatte, wurde ihr auch aufgelegt! Dann war sie fertig für das große Ereignis! Aber wie Joe schon gewohnt war, bei ihr war diese kein bisschen nervös! Artemis trug seine Landestracht, die etwas utopisch in den Augen der Menschen wirkte! Aber wie sagte man so schön auf der Erde? Andere Länder, andere Sitten oder jedem sein Geschmack! Bettina, eins der weißen Kinder, hatte das Talent zu zeichnen! Auf der Erde wäre sie womöglich als Künstlerin berühmt geworden! Da ihr liebstes Hobby das Zeichnen war, hatte sie einen riesigen Vorrat an Stiften und Papier mitgebracht! So wurde das Hochzeitsfoto gezeichnet! Sie bekam das perfekt hin! Und machte es Linda und Artemis als Hochzeitsgeschenk!

Ihr Adoptivvater, der handwerklich geschickt war, hatte ihnen später einen Rahmen darum gebaut! Joe legte für Linda als Geschenk einen Gemüsegarten an: Genug Samen hatte sie ja mitgebracht und das erste Gemüse war auch schon geerntet! Zudem bekamen die beiden noch eine Kuh geschenkt und ein Ferkel! Das waren alles gut zu gebrauchende Dinge! Denn die Insel lag doch etwas abseits von der Siedlung! So war man wenigstens bald mit frischem Gemüse und mit Milch versorgt! Fleisch würde noch dauern, bis das Ferkel groß genug war zum Schlachten! (Dann würde es aber im Zuge eines Festes geschlachtet und zubereitet, damit alle etwas von dem Fleisch abbekamen, denn die Vorratshaltung, was Fleisch anbetraf, war schwierig!) Eine Umzäunung brauchte man auf der Insel nicht, da sie nur mit dem Boot erreichbar war! Die Hochzeit selbst wurde am Versammlungsplatz vor der großen Blockhütte abgehalten! Ein kleines Podium war errichtet worden, wo sich dann die beiden gegenüber aufstellten und ein Gelübde sprachen! Pfarrer gab es keinen, aber der wurde auch nicht vermisst! Die anwesenden Gäste waren Zeugen der Verbindung und des Eheversprechens der beiden! Auch wurde es nicht schriftlich fixiert so wie auf der Erde am Standesamt! Später, wenn dann die neuen Siedler da waren, würde man jemanden bestimmen, der besondere Ereignisse für die Nachwelt festhielt! Vor den Hochzeitsgästen gaben sich nun Linda und Artemis die Hand und Artemis sprach:

„Hiermit gebe ich dir das Versprechen für immer dein zu sein, was uns die Zukunft auch bringen möge! Darüber hinaus verspreche ich dir, dass du immer die einzige Frau für mich sein wirst, und ich neben dir keine andere haben werde, so wie es eigentlich in meinem Volk üblich ist! Unseren Kindern will ich immer ein guter Vater und dir immer ein guter Mann sein."

Linda: „Hiermit verspreche ich dir dich immer zu ehren und dir immer eine gute Frau zu sein, auch wenn es mal schwere Zeiten gibt, so will ich dir immer treu sein und dir eine gute Frau und unseren Kindern eine gute Mutter sein!"

Diese Worte besiegelten sie mit einem Kuss! Nun war der offizielle Teil vorbei und es konnte nach Herzenslust gefeiert werden! Dachten sie zumindest, denn diese Hochzeit sollte nicht mit der üblichen Hochzeitsnacht enden! Die Wiege, die sich auch unter den Hochzeitsgeschenken befand, sollte früher als gedacht zum Einsatz kommen!

Vorher aber gab es noch eine überraschende Ankündigung! Simone und Sebastian gaben ihre Verlobung bekannt und wollten heiraten, wenn die neuen Siedler angekommen waren, um diese gleich mit einem Fest willkommen zu heißen! Und Eva und Robert gaben bekannt, dass sie wieder Nachwuchs erwarteten!

Nach diesen Ankündigungen war man erst recht in Feierlaune! Alle außer Linda! Sie fühlte sich schon den ganzen Tag nicht richtig wohl! Zuerst hatte sie es als Nervosität abgetan, doch nun wurde das Ziehen in ihrem Bauch stärker! Aber noch sagte sie niemandem was davon! Vielleicht verging es ja wieder! Simone hatte ihr ja erklärt, dass es immer wieder zu Senkwehen kommen würde, bevor die Geburt anstand! Wahrscheinlich war es nur das! Aber nach zwei Stunden entschuldigte sie sich bei Artemis, sie müsse nur kurz was mit Simone bereden! Da das Ziehen inzwischen schon öfters kam und außerdem sehr schmerzhaft war, bat sie Simone sie doch kurz zu untersuchen! Gesagt, getan! Simone untersuchte Linda und meinte, dass ihre Kinder wohl am Hochzeitstag ihrer Eltern zur Welt kommen wollten! Linda solle gleich in ihrer Praxis bleiben, sie würde alles Weitere veranlassen!

Linda war nicht böse, dass sie sich nun in Ruhe hinlegen konnte! Als Artemis von Simone erfuhr, dass Linda in den Wehen lag, war er sofort zur Stelle! Seine erste Aufgabe würde sein die bereits gepackte Tasche von Linda von ihrem Haus zu holen! Aber bevor er das tat, gab er noch allen Gästen Bescheid, wieso sich das Brautpaar so plötzlich verabschiedete! Er meinte, sie sollen ruhig auch ohne sie weiter feiern, schließlich sei eine Geburt ja auch ein freudiges Ereignis und gehöre ordentlich gefeiert! Aber auch als sich die letzten Gäste verabschiedeten und das Lagerfeuer heruntergebrannt war, waren Lindas Kinder immer noch nicht auf der Welt! Erst als der Morgen dämmerte und die ersten Siedler wieder aus ihrem Schlaf erwachten, machte Simon seinen ersten Schrei! Fünf Minuten später kam Sonja, seine Schwester, zur Welt! Simone hatte ihre erste Zwillingsgeburt gemeistert! Auch sie war sehr glücklich über die komplikationslose Geburt der Zwillinge! Sie strahlte mit den glücklichen Eltern um die Wette. Artemis war besonders stolz auf seine Zwillinge!!! Er konnte sein Glück kaum fassen, als ihm Simone seine beiden Kinder in den Arm legte! Und doch vermisste er etwas in dieser Stunde! Einen Freund, mit dem er sein Glück teilen konnte! Xwendrin (David) war sein Freund gewesen in den letzten Jahren, als sie ihren Planeten verlassen hatten auf der Suche nach einer neuen Heimat! Auch kam in diesem Augenblick die Erinnerung an seine Auserwählte! Sie war erst 15 gewesen, als ihr Raumschiff verschwand und man annehmen musste, dass sie verunglückt sei! Sie war noch so jung gewesen und vielleicht hätte sich eine Lösung gefunden und sie hätten sich nicht vereinigen müssen! Aber was half das ganze Wenn und Aber! Das Jetzt zählte und er war sehr glücklich mit Linda und mit seinen Zwillingen! Mit Linda würde er sogar weitere Kinder bekommen können, denn sie war ja eine Erden-Frau und konnte öfters als einmal gebären!

Natürlich war gegen Mittag Joe die Erste, die Linda gratulierte, und wurde von Linda sofort zur Patin ernannt! In Joes und Lindas ehemaliger Heimat Österreich war es üblich, dass eine Verwandte oder ein Freund der Familie die Patenschaft für ein Neugeborenes übernahm! Dies wurde zwar erst bei der Taufe offiziell, aber da hier keine Taufe stattfand, war es auch so offiziell! Andere Länder, andere Sitten! Oder neue Welt, neue Sitten! Mit der Patenschaft versprach man den Eltern sich im Unglücksfall um das oder die Kinder zu kümmern und es nicht Fremden zu überlassen! Joe war sehr glücklich darüber! Und versprach Linda sie jederzeit zu unterstützen, wenn sie ihrer Hilfe bedurfte! So war nun die erste Generation geboren auf dem neuen Planeten! Und dem neuen Planeten hatte noch so manche Überraschung für die Siedler bereit!

Das musste Leopoldine an diesem Tag noch feststellen! Leopoldine war die Einzige neben den beiden Ärzten, die noch in der großen Gemeinschaftsblockhütte wohnte! Auch ihr war ein eigenes Häuschen angeboten worden, doch sie lehnte dies dankend ab! Was sollte sie alleine in einem, wenn auch noch so kleinen Haus? Sie war sehr alt und wusste nicht, wie lange ihr das Leben noch vergönnt war! Außerdem hatte sie hier Gesellschaft, denn einige unbewohnte Räume waren zu Klassenzimmern umfunktioniert worden! Die Kinder wurden hier ihrem Alter entsprechend unterrichtet in Lesen, Schreiben, Rechnen, Handarbeit, Jagen, Kochen, Gärtnern, Tierkunde und sogar in Kräuter-Heilkunde! Darauf war Leopoldine besonders stolz, dass sie ihr Wissen an die neue Generation weitergeben durfte! Hier unterrichteten nicht Lehrer im eigentlichen Sinn, sondern hier war jeder Lehrer in seinem Beruf! Linda hatte bis jetzt Schreiben gelehrt, da sie besonders gut in Rechtschreiben war! Doch nun würde sie eine Weile pausieren, da sie erst ihren Alltag mit den Zwillingen bewältigen musste!

Aber es wurde sich schon jemand finden, der das übernehmen würde! Nachdem Leopoldine an diesen Tag ihre Unterrichtsstunde abgehalten hatte, machte sie sich wie jeden Tag bei schönem Wetter auf den Weg die Gegend zu erkunden! Heute wollte sie die Umgebung in der Nähe des Wasserfalls genauer auskundschaften! Sie war immer auf der Suche nach geeigneten Plätzen für ihr mitgebrachtes Heilkraut! Natürlich könnte sie sich einen Kräutergarten in der Nähe ihrer Wohnung anlegen, aber sie war der Meinung, dass ihre Kräuter die beste Wirkung nur entfalten könnten, wenn sie in der wilden Natur wuchsen, und zwar an Standorten, an denen sie auch auf der Erde gewachsen waren! Sie wollte sie nicht kultivieren, sie würde nur Samen ausstreuen und dann der Natur ihren freien Lauf lassen! Leopoldine genoss ihre täglichen Streifzüge, aber eigentlich genoss sie das ganze Leben hier! Hier war sie eins mit der Natur, die noch unberührt war! Hier machte sich niemand lustig, wenn sie bei Vollmond ihre Kräuter sammelte, und konnte stundenlang alleine sein und war doch nie wirklich allein, wenn ihr nach Gesellschaft war! Hier war sie ein Teil der neuen Gemeinde und wurde als solches geschätzt und nicht als tüttelige alte Oma oder gar als Hexe bezeichnet! Die unberührte Natur und das BIOLOGISCHE Essen auf dem Planeten hatten bereits seine ersten Spuren an den Menschen hinterlassen! Ihre Gesichter wirkten jünger mangels Süßigkeiten, aber viel Arbeit. Hier war niemand mehr übergewichtig und das Leben viel gesünder als auf der Erde! Aber Leopoldine war wahrscheinlich nicht die Einzige, die das Leben hier trotz allen Entbehrungen genoss! Sie sah nur zufriedene Gesichter, wenn sie jemandem begegnete! Hier in der freien Natur konnte sie ihren Gedanken freien Lauf lassen und die Schönheit der Natur genießen! Sie war so in ihren Gedanken versunken, dass sie gar nicht bemerkt hatte, dass sie den Wasserfall schon erreicht hatte! Jedes Mal, wenn sie ihn sah, geriet sie ins Schwärmen!

So war es auch an diesem Tag! Sie konnte sich kaum von dessen Anblick losreißen, als sie plötzlich etwas Rotes und Blaues durch Wasser schimmern sah! Sofort war ihre Neugierde geweckt und sie wollte wissen, wo diese Licht-Reflexionen herkamen! Sie vermutete, dass es Edelsteine waren! Doch der Weg, der zur Höhle führte, war schmal hinter dem Wasserfall, sodass er erst bei genauerer Betrachtung zu erkennen war! Durch die ständige Feuchtigkeit war der Weg zudem mit einer Art Moos bedeckt, der den Weg etwas rutschig machte! Leopoldine beschloss jemanden zu bitten mit ihr diese Höhle zu erkunden, da sie Angst hatte auf dem Weg auszugleiten und sich was zu brechen und dann wäre natürlich weit und breit niemand, der ihr helfen konnte. Schließlich hatte sie niemandem gesagt, wo sie am heutigen Tag hingehen wolle! Sie kehrte zum Blockhaus zurück und hoffte dort Simone oder Sebastian anzutreffen und diese zu bitten sie zu begleiten! Und sie hatte Glück, sie traf gleich beide auf einmal an! Leopoldine unterbreitete ihnen ihr Anliegen! Da stimmten beide begeistert zu! Denn sie waren sozusagen immer abrufbereit, um in der Not zu helfen, und hielten sich deswegen meist in der Nähe der „Praxis" auf! Simone bewirtschaftete zwar auch einen Gemüsegarten, aber meist war sie zu Hause und studierte irgendwelche Fachbücher! Sebastian hatte sich auch eine Bibliothek mitgenommen und saß ebenfalls über seinen Büchern, wenn er nicht gerade gebraucht wurde! So war es für die beiden eine willkommene Abwechslung, als ihnen Leopoldine von der Höhle erzählte und sie ebenfalls neugierig machten! Sebastian machte nur noch schnell eine Notiz, wo er und Simone im Notfall zu finden waren! Und schon konnte das Abenteuer beginnen!

Dass es wirklich ein Abenteuer werden würde, wüssten die drei bis zu diesem Zeitpunkt nicht! Also machten sich die drei auf den Weg zu der neu entdeckten Höhle! Dort angekommen stellten sie fest, dass der Weg in das Innere wirklich sehr rutschig war und die drei mussten aufpassen, dass sie nicht ausrutschten! Aber als dies zum Glück ohne Schwierigkeiten gelungen war, wurden sie von einem atemberaubenden Anblick belohnt! Durch eine kleine Öffnung im Fels drangen Sonnenstrahlen in das Innere der Höhle und diese wiederum reflektierten sich in tausenden verschiedenfarbigen Edelsteinen und brachten sie zum Leuchten! Daneben entdeckten sie eine Art Thron in Mitte der Höhle, aber auch Wandzeichnungen, die anscheinend eine Zeremonie eines Volks darstellten, das hier mal gelebt haben musste! Diese Wesen sahen den Menschen nur wenig ähnlich. Es schien sich um eine Art Fischmenschen zu handeln! Genau hinter dem Thron befand sich ein in Gold gefasstes Schriftzeichen, das dem Chinesischen ähnelte, außer dass es viel verschnörkelter war als die der Chinesen!

Leopoldine ging wie von einem Magnet angezogen darauf zu und berührte es! Es war wie eine Art Zwang gewesen! Doch kaum hatte ihre rechte Hand das Schriftzeichen berührt, wurden ihre Knie weich und sie sacke in sich zusammen! Sebastian reagierte sofort und es gelang ihm sie aufzufangen, damit sie sich nicht verletzte, wenn sie auf den Boden auftraf! Simone untersuchte sie sofort und stellte eine Bewusstlosigkeit fest!

Ansonsten schien es ihr aber gut zu gehen! Aber man war nicht in der Lage sie aus dieser Bewusstlosigkeit zu holen! Die beiden konnten ja nicht ahnen, was während ihrer Bewusstlosigkeit in Leopoldine vorging! Sie konnten nichts weiter tun als abzuwarten und zu hoffen, dass sie bald wieder aus ihrer Bewusstlosigkeit erwachte! Denn es war ihnen nicht möglich sie auf dem schmalen Weg ins Freie zu transportieren! Der Weg war zu schmal und glitschig! Also beschloss man erst mal abzuwarten und zu hoffen und sie natürlich unter ständiger Beobachtung zu halten, ob sich irgendetwas an ihrem Zustand ändern würde! Während die beiden sie besorgt beobachteten, machte Leopoldine eine geistige Zeitreise und lernte eine längst vergangene Zivilisation und deren Veränderungen kennen! Die Reise begann, als sich die ersten intelligenten Lebewesen sich zu einer Gemeinschaft entwickelten! Sie sahen den Menschen ähnlich und gleich wie diese lebten sie zunächst an Land! Die Jahrhunderte vergingen und mit jedem Jahrhundert wurde eine neue Königin gekrönt, die das Volk anführte! Aber mit den Jahrhunderten wurden die Lebewesen intelligenter und auch der technische Fortschritt machte große Sprünge! Auch sie beuteten die Natur aus und vergifteten ihre Umwelt! Eines Tages schlug ein großer Asteroid ein und vernichtete fast die gesamte Bevölkerung! Nur sehr wenige überlebten! Aber mit dem Einschlag veränderte sich die Umwelt! Einer der drei Monde, den dieser Planet besessen hatte, wurde aus seiner Bahn geworfen und umkreiste nun nicht mehr den Planeten! Dieser hatte aber den Planeten beschützt, indem er die meisten Meteoriten und Kometen abgefangen hatte! Der Planet besaß zwar noch zwei weitere Monde, aber diese vermochten den Planeten nicht so zu schützen wie der dritte nun verloren gegangene! Immer wieder kam es zu Einschlägen auf den Planeten und diese brachten mehr und mehr Wasser mit! Das Überleben auf diesen Planeten war schwer geworden, die Bewohner bekamen nur wenig Nachkommen. Diese Nachkommen aber passten sich im Laufe der Zeit der Umwelt an, und da es nun von Jahr zu Jahr weniger Landmasse gab. Weil auch Gletscher und Pole durch das warme Klima schmolzen, entwickelten sie sich zu Wasserbewohnern! Nach einigen Jahrtausenden beruhigte sich der Planet und es gab kaum noch Einschläge! Doch das Wasser blieb und dadurch waren die Aquarianer, so nannte sich das Volk, auch weiterhin im Wasser geblieben! Nun erholte sich das Volk wieder und Leopoldine sah, dass wieder Königinnen gekrönt wurden! Und zwar in der Höhle, die sie entdeckt hatte! Dies schien für die Bewohner des Planeten ein heiliger Ort gewesen zu sein!

Niemand wagte es sich an den Edelsteinen zu vergreifen, wie es auf der Erde gewesen wäre! Für sie hatten die Steine keinen materiellen Wert wie bei den Menschen! Die Aquarianer lebten eins mit der Natur und wurden immer älter, aber nur mit den Nachkommen hatten sie Schwierigkeiten! Denn von Jahr zu Jahr wurden weniger Kinder geboren! Woran das lag, konnten sie trotz ihrer Intelligenz nicht feststellen! So lernten sie mit der Zeit sich von ihren Körpern zu lösen und eine geistige Lebensform anzunehmen! Ihre Körper ließen sie zurück, um ewig zu leben! Nun waren sie eins mit der Natur und konnten ewig leben! Sie wurden zu Bewachern des Planeten, aber es gab keine höhere Lebensform mehr! Erst als die ersten Siedler kamen und mit ihnen Wolfgang, änderte sich dies! Durch ihn konnte sie mit den Menschen, die nun den Planeten besiedelten, Verbindung aufnehmen! Die Aquarianer hießen sie herzlich willkommen auf ihrem Planeten, aber sie wollten sich ihnen mitteilen, damit nicht auch sie Fehler begangen wie sie selbst einst! Sie hatte ihr ewiges Leben längst bereut und beneideten ihre Vorfahren, die in die Ewigkeit eingegangen waren! Das alles wurde Leopoldine in ihrer geistigen Zeitreise gezeigt und mitgeteilt! Außerdem wollten sie sie noch unterrichten in einheimischer Pflanzenkunde! Also sollte Leopoldine täglich kommen und mit ihnen in Verbindung treten, um zu lernen! Als ihr die Aquarianer alles mitgeteilt hatten, erwachte Leopoldine aus ihrer Ohnmacht! Sie berichtete Sebastian und Simone alles, was sie erlebt hatte, während sie in ihrer Ohnmacht gelegen hatte. Danach begaben sich die drei wieder in die Siedlung und am Abend wurde wieder ein Lagerfeuer angezündet am Versammlungsplatz! Dies war das Zeichen für alle Siedler, dass man sich versammeln sollte, weil es wieder etwas Neues gab, was die Gemeinschaft erfahren sollte. Als sich am Abend alle versammelt hatten, berichtete Leopoldine von ihrem heutigen Erlebnis. Alle waren sehr erstaunt darüber, aber eigentlich nicht sonderlich überrascht. Vor allem Joe nicht, denn sie hatte ja schon Kontakt zu den Aquarianern gehabt. Nachdem Leopoldine geendet hatte, warnte sie die Siedler noch davor sich an der Höhle zu schaffen zu machen und gar einen der Edelsteine auszubrechen! Dies war einst ein heiliger Versammlungsort, auf den die Aquarianer auch heute noch sehr viel Wert legten. Sie wollten jeden mit einer tödlichen Krankheit bestrafen, der diese Höhle entzweite. Um dieses zu vermeiden, wäre es besser, wenn niemand die Höhle betrat, außer sie selbst und später einmal ihre Nachfolgerin! Christine, das Mädchen, das so gut zeichnen konnte, bat dennoch sie einmal begleiten zu dürfen, um die Höhle zu zeichnen.

So konnten alle die Höhle sehen, ohne sie zu betreten! Damit war Leopoldine einverstanden und sie durfte sie schon am nächsten Tag mitkommen. Christine war begeistert von der Höhle, wie alles funkelte und glitzerte, und machte sich sogleich daran zumindest einige Skizzen zu fertigen. Leopoldine indes tat wie ihr aufgetragen und berührte wieder das Zeichen. Wieder fiel sie in eine Ohnmacht und wieder bekam sie Kontakt zu den Aquarianern. Sie erfuhr dieses Mal von einer besonderen Blume, die der Sonnenblume auf der Erde ähnelte, die jedoch keine grünen, sondern blaue Blätter und Stiele besaß, ihre Blüte war jedoch von einer goldenen Farbe! Diese hatte, wenn man die Blütenblätter trocknete und sie täglich als Tee genoss, eine verhütende Wirkung sowohl bei Mensch und Tier als auch bei Frauen und Männern. Auch wurde ihr gesagt, wo sie diese zu finden war. Als Leopoldine wieder erwachte und Christine so vertieft über ihren Block sitzen sah, kam ihr eine Idee. Sie fragte Christine, ob sie sie nicht täglich begleiten und die Pflanzen, die sie sammelte, zeichnen möge, um diese als Buch für die Nachwelt zu erhalten. Christine fand das eine ausgezeichnete Idee. So begleitete sie Leopoldine täglich bei ihrer Pflanzensuche. Da blieb es nicht aus, dass auch Christine, die ja sowieso sehr wissbegierig war, alles über die Pflanzen und deren Wirkung lernte. So wurde sie, ohne dass es ihr eigentlich bewusst wurde, zu einem Lehrling und somit auch zur späteren Nachfolgerin von Leopoldine. Christine war begeistert von ihrer neuen Aufgabe! Täglich wanderte sie mit Leopoldine an unterschiedlichsten Orten und lernte dadurch Tier- und Pflanzenwelt kennen. Nebenbei, wenn Leopoldine sie mal nicht brauchte, erstellte sie noch eine Chronik der Siedler, sodass künftige Generationen die Möglichkeit hatten etwas über ihre Vorfahren zu erfahren. Nach einigen Wochen hatte Leopoldine von den Aquarianern das Wichtigste gelernt. Nun genügte es, wenn sie einmal wöchentlich in die Höhle kam, um Neues zu lernen! So war Leopoldine trotz ihres hohen Alters noch zur Schülerin geworden.

9. Kapitel

Auf Two Sun ging man wie gewohnt seinen Tätigkeiten nach, als plötzlich eine dunkle große Wolke über die neue Siedlung fiel und alles in Schatten hüllte.

Dieser große Schatten entpuppte sich als Raumschiff! David war nach neun Monaten endlich mit den neuen Siedlern zurückgekehrt! Das war natürlich ein Grund für die „alten Sieder" Arbeiten, die nicht unbedingt notwendig waren, niederzulegen.

Man begab sich zur Landestelle und begrüßte David und seine Crew. Die neuen Siedler hieß man herzlich willkommen. Natürlich wollte man von ihnen wissen, wie es auf der Erde aussah! Man bestätigte ihnen, dass, als man vor vier Monaten die Erde verließ, schon Kriegsstimmung herrschte.

Man half den neuen Siedlern beim Ausladen und zeigte ihnen ihre neue vorläufige Unterkunft! Man staunte nicht schlecht, als sechs der neuen Siedler mit merkwürdig aussehenden Babys auf dem Arm herauskamen. Mit dem hatte natürlich keiner gerechnet! Noch mehr „Außerirdische"! Seit Anbeginn der Menschheit hatte man sich gefragt, ob es in den Weiten des Universums intelligentes Leben gab! Nun waren sie selbst zu Außerirdischen geworden und hatten zwei neue Menschenrassen kennengelernt!

Niemand bemerkte, dass Joe nicht dabei war, als man die Siedler begrüßte.

Joe war zuerst auch in Versuchung gewesen die Siedler zu begrüßen, neue Gesichter zu sehen und neue Kontakte zu knüpfen. Auch hoffte sie, dass unter den neuen Siedlern vielleicht jemand bereit war ihr auf ihrem Pferdehof zu helfen! Aber sie sagte sich, dass das ja noch Zeit hatte, schließlich gingen die Siedler ja nicht wieder weg! Sie wollte David nicht begegnen. Sie hatte Angst, dass ihre Gefühle für ihn wieder aufflammten, wenn sie ihn sah! Das wollte sie mit allen Mitteln verhindern und ihm aus dem Weg gehen, so gut es ging. Sie hoffte, dass er nicht allzu lange bleiben würde.

So neigte sich der Tag schon dem Abend zu, und obwohl Joe wusste, dass es sicher wieder ein abendliches Lagerfeuer geben würde, an dem sich alle versammeln würden, um die Ankunft der neuen Siedler zu feiern, hatte sie beschlossen zu Hause zu bleiben.

Sicher würde man sie vermissen, aber das war ihr egal.

Joe war gerade dabei ihre Pferde zu striegeln und war ganz in ihren Gedanken versunken, als sie plötzlich erschrak, weil ein Hund hinter ihr bellte!

Es war ein offensichtlich junger Hund mit langem Fell, das schneeweiß war!

Um den Hals war ein Halsband zu einer Schleife geknotet.

Zuerst blieb der Hund noch sitzen, aber als er die Aufmerksamkeit von Joe bekam, ging er langsam auf sie zu!

Von ihm ging offensichtlich keine Gefahr aus! Als er zu ihr kam, bemerkte Joe, dass die Haarschleife genau so aussah wie die, die sie in der letzten Nacht in Davids Quartier vergessen hatte. Der weiße Hund, der, wie sich herausstellte, eine Hündin war, ließ sich gerne von Joe streicheln. Joe gefiel die Hündin gut. Sie war nur froh, dass Minka nicht in der Nähe war. Ihr würde der Hund nicht gerade gefallen. Aber sie war ja wieder mal auf Streifzug.

Nach kurzer Zeit aber biss die Hündin Joe ganz sanft in die Hand und versuchte sie mitzuziehen. Offensichtlich wollte sie, dass Joe mitkam.

„Moment, Moment", sagte Joe, „ich hab ja schon verstanden."

Also legte Joe das Putzzeug zur Seite und entließ das Pferd wieder auf die Weide. Danach folgte sie der Hündin. Diese lief immer ein Stück voraus, blieb aber immer wieder stehen und drehte sich, um zu sehen, ob ihr Joe folgte.

Das Ziel der Hündin war offensichtlich das Lagerfeuer. Dort, wo Joe eigentlich gar nicht hinwollte. Da sie aber bereits gesehen wurde und mit einem großen Hallo begrüßt wurde, konnte sie nicht mehr umkehren.

Nun wich ihr die Hündin nicht mehr von der Seite. Joe staunte nicht schlecht, als sie mehrere Frauen mit außergewöhnlich aussehenden Babys im Arm sah! Auch sie wurde kurzerhand aufgeklärt!

David hatte sie bis jetzt noch nicht entdeckt! Aber plötzlich stand er vor ihr und hielt einen roten Rosenstock in der Hand, den er ihr übereichte.

Auch sagte er ihr, dass der Hund Sobel heißt und er sie als Geschenk für sie mitgebracht habe! Joe freute sich sehr darüber. Sie mochte Sobel vom ersten Moment an. Nur mit ihrer Katze musste sie lernen klarzukommen.

David meinte auch, dass er sie sehr vermisst habe und dass sie inzwischen noch schöner geworden sei, als er sie in Erinnerung hatte!

Joe wusste nicht, wie sie das zu verstehen hatte, sie war ganz verwirrt! Auch sie hatte David vermisst! Und nichts wäre ihr lieber, als wenn David bei ihr bleiben würde. Aber das wagte sie nicht zu hoffen. Wollte er nur eine weitere Nacht mit ihr verbringen? Hatte er ihr deshalb einen Hund geschenkt und ihr Komplimente gemacht?

Wenn er das beabsichtigte, hatte er keine Chance bei ihr! Noch mal würde sie die Trennung nicht ertragen und eine weitere Schwangerschaft kam für sie auch nicht in Frage! Zumindest nicht jetzt und nicht, wenn sie das Kind allein großziehen müsste! Vor einigen Monaten, als sie sich mit David eingelassen hatte, in der Absicht schwanger zu werden, hatte sie nicht gewusst, wie schwer und entbehrungsreich das Leben hier war! Nein, wenn sie jemals ein Kind haben sollte, dann nicht ohne einen festen Partner, der sie unterstützte.

Snowbell hatte anscheinend verstanden, dass nun Joe ihr neues Frauchen war, und legte vertrauensvoll den Kopf in Joes Schoss! Dass Joe sie kraulte, genoss sie sichtlich.

Joes Gefühle waren in Aufruhr! Es passierte genau das, wovor sie sich gefürchtet hatte! Als sie David so nah neben sich spürte, verliebte sie sich ein zweites Mal in ihn. Joe musste sich zur inneren Ruhe zwingen. Die neuen Siedler stellten sich mit Namen und

Berufen vor. Darüber hinaus gaben sie bekannt, was sie in Zukunft machen wollten.

Unter den neuen Siedlern war ein Ehepaar, das sich gut vorstellen konnte mit Tieren zu arbeiten. Meikel war ein dunkelhäutiger und Martha eine hellhäutige Frau! Sie hatten eine gemeinsame Tochter namens Sandra, die sieben war! Joe meinte, dass sie noch Unterstützung auf ihrem Hof gebrauchen könne. Man könne ja das Wohngebäude vergrößern, sodass die Familie einen eigenen Wohnbereich hatte.

Meikel war von diesem Vorschlag besonders begeistert, vor allem, da er spürte, dass ihm Joe ohne Vorurteile wegen seiner Hautfarbe begegnete. Das kannte er kaum von der Erde. Als Joe Sandra noch ein eigens Fohlen versprach, um das sie sich kümmern dürfe, war diese natürlich vollauf begeistert! Allerdings musste Sandra noch etwas Geduld haben, da das Fohlen erst im kommenden Monat zur Welt kommen würde.

Das überzeugte Meikel Veens und auch Martha war einverstanden.

Außerdem stellten sich eine Kathi und ein Peter vor! Kathi wollte Hebamme werden, sich aber gleichzeitig in Kräuterheilkunde von Leopoldine ausbilden lassen.

(So bekam Leopoldine einen zweiten Lehrling). Aber sie bot auch an, dass jeder, der wolle, sich von ihr die Haare schneiden lassen kann, da sie gelernte Friseurin war. Peter war Bauarbeiter, aber offen für jede Arbeit, wo er gebraucht wurde. Sein Bruder Erich hatte bis jetzt mit Computern gearbeitet, wollte sich jetzt aber als Architekt verwirklichen, allerdings wäre auch nicht anderen Arbeiten gegenüber abgeneigt, wenn ihn irgendjemand brauchte.

Und so ging es noch einige Zeit weiter, bis sich alle vorgestellt hatten.

Irgendwann bat David Joe mit ihm zu gehen, um mit ihr etwas Persönliches zu besprechen.

Joes Herz klopfte bis zum Hals, als sie David begleitete. Auch Sobel begleitete die beiden und ließ sie nicht aus den Augen. Die beiden gingen in die angrenzende Blockhütte und hofften dort alleine zu sein. Aber als sie die Tür öffneten, wurden die beiden stürmisch von drei Hunden begrüßt! Es waren Tamaras Hunde und Katis Hund Idefix, der liebevoll Fixa gerufen wurde. Da aber nun auch Snowbell dazu kam, waren die beiden schnell wieder uninteressant. Wie das so bei jungen Hunden war, nutzen sie jede Gelegenheit zum Spielen.

Joe war jetzt richtig nervös! Sie hatte keine Ahnung, was er mit ihr zu besprechen hatte. David begann damit, dass er ihr noch eine weitere Stute mitgebracht hatte samt Fohlen. Gut, dass ich jetzt Hilfe bekomme, dachte Joe. Aber dass er sie deswegen persönlich sprechen wollte, konnte sie sich nicht vorstellen.

„Na ja", rückte David schließlich heraus mit der Sprache. „Das ist eigentlich nicht der Grund, wieso ich mit dir sprechen wollte. Eigentlich wollte ich wissen, ob du beabsichtigt hast ein Kind von mir zu bekommen, als wir uns vor neun Monaten liebten? Und wenn ja warum?"

„Ja", antwortete Joe etwas kleinlaut, aber wahrheitsgemäß! Irgendwie war sie nicht überrascht, dass David es wusste.

„Ich wusste, dass ich alleine sein würde, wenn du wieder gehst, und so hoffte ich, durch ein Kind von dir würde immer ein Teil von dir hier sein.

Mein Plan war es nie dich einzuweihen, da ich nicht wollte, dass du dich verpflichtet fühlst dich von deinem Volk zu trennen und wegen des Kindes bei mir zu bleiben. Leider ist mein Plan ja nicht so gelungen, wie ich es mir vorgestellt habe. Unserem Sohn war es ja leider nicht vergönnt zur Welt zu kommen", sagte Joe!

„Zumindest nicht so, wie ich es mir gewünscht hätte."

„Ich weiß auch, ich hatte eine Vision von der weißen und auch ich hab unseren Sohn gesehen. Aber vielleicht hattest du recht, wenn unser Sohn gesund zur Welt gekommen wäre und ich hätte gewusst, dass ich sein Vater bin, so hätte ich mich von meinem Volk gelöst und wäre bei dir geblieben. So aber habe ich eine Entscheidung getroffen, ohne dass ich mich verpflichtet fühle. Also frage ich dich, Joe: Wie sehen deine Gefühle mir gegenüber jetzt aus nach einer so langen Trennung und nach diesem Schicksalsschlag?

Bitte, Joe, antworte mir ehrlich, egal, was du sagst, ich werde es akzeptieren, es ist für mich sehr wichtig!"

Joe zögerte, sie konnte David nicht in die Augen schauen.

David hob mit der Hand sanft ihren Kopf in die Höhe und zwang sie damit ihn anzuschauen.

„Was empfindest du für mich?", fragte David noch einmal.

Leise und kaum hörbar antwortete sie: „Ich liebe dich noch immer."

„Kannst du das bitte wiederholen und diesmal lauter? Keine Angst, außer mir kann dich niemand hören und die Hunde werden es niemandem verraten!" Diesmal antwortete Joe lauter: „Ich liebe dich noch immer! Das war auch der Grund, wieso ich dich nicht wiedersehen wollte! Du gehörst zu deinem Volk und ich zu meinem, ich habe mich damit abgefunden und habe mir mein Leben so eingerichtet, dass ich dich nicht brauche! Aber du musst ja unbedingt in mir alte Wunden aufreißen. Genau das wollte ich vermeiden. Ich brauche auch kein Kind mehr von dir! Ich habe meine Pferde und mein neues Leben, dafür werde ich dir und deinem Volk immer dankbar sein. Aber nun bitte geh mir zukünftig aus dem Weg, damit die neuerliche Trennung nicht noch schwerer wird für mich!"

David erwiderte aber: „Und wenn ich beschlossen habe auf eurem Planeten zu bleiben und nicht zu meinem Volk zurückzukehren? Gäbe es dann eine Chance für eine gemeinsame Zukunft?"

„David ich liebe dich und ich wünsche mir nichts mehr als das. Aber ich weiß, wie sehr du dich deinem Volk verpflichtet fühlst! Ich hätte Angst, wenn du bleibst, dass du es eines Tages bereust und du mir vielleicht nicht bewusst, aber unbewusst die Schuld an deiner Entscheidung geben würdest!"

„Was ist, wenn ich mich für mein Volk entscheide, eine Frau nehme, die mit meinen Gefühlen nichts anfangen kann, wenn ich Kinder habe und mir nur wünsche, dass du ihre Mutter wärst und sie mit Gefühl erziehst und ich mein Leben lang unglücklich bin, weil ich mich nicht für das richtige, das für mich richtige Leben entschieden habe?

Wenn du mich liebst, wie du sagst, dann bitte gib uns eine Chance. Natürlich kann ich dir nicht versprechen, dass es immer klappt zwischen uns. Wir kommen aus zwei verschiedenen Völkern, noch mehr, wir kommen beide von unterschiedlichen Planeten! Es wird sicher das eine oder andere Mal zu Meinungsverschiedenheiten bei uns kommen, aber ich kann dir versprechen, dass ich alles, alles mir Mögliche tun werde, dass wir miteinander glücklich werden."

Diesem Versprechen hatte Joe nichts entgegenzusetzen. Also sagte sie einfach nur ja! David war überglücklich über Joes Antwort. Er nahm sie in den Arm und küsste sie zärtlich! Das wiederum passte Snowbell nicht ganz. Sie drängte sich zwischen die beiden und bellte.

„Ach Snowbell, daran wirst du dich gewöhnen müssen! Aber kein Grund zur Eifersucht! Ab jetzt hast du ein Herrchen und ein Frauchen und bekommst doppelt so viel Aufmerksamkeit wie bisher! Aber dass ich dein neues Frauchen jetzt öfters in den Arm nehme und küsse, daran musst du dich gewöhnen. Aber eine Sache muss ich noch klären mit deinem Frauchen."

„Und die wäre?", war Joe nun neugierig.

„Na ja die Sache mit *keine Kinder*! Was wäre, wenn ich aber Kinder will. Allerdings schwebt mir im Moment eher ein Adoptivkind vor, aber eigene Kinder später nicht ausgeschossen?"

Joe wusste nicht ganz, was David damit meinte! An die sechs Findelkinder dachte Joe nicht mehr! Sie hatte sie nur kurz gesehen und wusste nicht, dass sie noch keine Adoptiveltern hatten. Außerdem war Joe in einem absoluten Glücksrausch, sodass sie an nichts anderes mehr dachte, als dass ein Traum in Erfüllung ging!

„Na ja, da warten noch fünf der sechs Findelkinder auf neue Eltern." Joe machte ein erschrockenes Gesicht! Fünf Kinder? Das war etwas zu viel, nein besser gesagt, das war viel zu viel!

David lachte, als er Joes Gesichtsausdruck bemerkte, und ahnte, was sie dachte.

„Keine Sorge, ich will nicht alle aufnehmen, nur eines! Ein ganz bestimmtes!

Für die anderen vier werden sich sicher auch noch Eltern finden."

Dann erzählte David ihr von dem besonderen Verhältnis zwischen Sanny und Sobel und dass auch er sich in Sanny verliebt hatte, weil sie durch ihr goldglänzendes Haar ihn immer an sie, Joe, erinnert habe.

Damit war Joe einverstanden und meinte, dass sie ja nicht grundsätzlich gegen späteren eigenen Nachwuchs einzuwenden habe, aber eben erst später!

Da die beiden nun alles geklärt hatten, gingen sie zu den anderen zurück und teilten gleich die große Neuigkeit mit.

Die Siedler waren alle begeistert! Vor allem aber die ersten Siedler. Sie hatten alle bemerkt, wie es zwischen David und Joe aussah, und waren froh, dass sie endlich zueinander gefunden hatten. Denn im Gegensatz zu den Sun Planetariern waren die Menschen gegenüber neuen Rassen nicht abgeneigt und hatten auch nichts gegen eine Vermischung der Gene! Im Gegenteil, sie sahen das als Bereicherung ihrer eigenen Rasse an. Auch dass sie Sanny zu sich nahmen, wurde mit Wohlwollen aufgenommen. Da gerade fast alle zusammensaßen und über die Babys gesprochen wurde, meldete sich Kati, eine der neuen Siedler, zu Wort. Sie meinte, sie und ihr Mann wollten Venus zu sich nehmen. Sie wollte sich zwar als Hebamme und in Kräuterheilkunde ausbilden lassen, aber dabei störte ja Venus nicht! Außerdem hatte man beschlossen einen Kindertag für die Kleinen zu errichten, sodass die sechs sich weiterhin täglich sehen und die Eltern sich ihren Tätigkeiten während des Vormittags ungestört widmen konnten!

Als Kindergärtnerin boten sich Christina und Isabell (Joes Mutter und Schwester) an.

Kathi bezeichnete sich selbst als kleine Hexe und meinte das Zeichen Feuer passe am besten zu ihr!

Auch Joes Mutter fühlte sich nicht zu alt Kinder großzuziehen und meine Luna, passe sicher gut zu ihnen. Auch Storm sollte zu den Eltern kommen, die ihn liebevoll aufzogen, und für ihn entschieden sich Maike und seine Frau!

Schließlich meldeten sich noch Patrick und Maci! Sie wollten sich gerne um Earth kümmern!

So bekamen alle sechs liebevollen Eltern! An diesem Abend saß man noch lange beisammen und unterhielt sich über die Zukunft!

Aber bei all dem Gerede über die Zukunft kam Maci ins Grübeln. Man sollte über die Zukunft und bei dem neuen Anfang aber nicht die Vergangenheit vergessen. Deshalb kam sie auf die Idee eine Art Chronik zu schreiben über die Vergangenheit der Menschheit und über alle Siedler! Denn auch bei mündlicher Überlieferung ging einiges im Laufe der Zeit verloren! Schließlich sollten auch noch die Urenkel und alle Generationen, die nach ihnen kamen, wissen, wo sie herkamen. Das war eine fantastische Idee. An das hatte noch keiner gedacht! Alle waren begeistert und stellten sich gerne zur Verfügung über ihre Familie Auskunft zu geben! An diesem Abend gingen alle mit einem guten Gefühl, was die Zukunft betraf, ins Bett! Aber keiner war glücklicher als Joe. Linda, die an diesem Abend nicht dabei gewesen war, jedoch von Joes Entscheidung erfuhr, beglückwünschte sie dazu! Und als sie Joe besuchte und Sanny das erste Mal sah, war sie auch ganz hin und weg von ihr. Sanny besaß eine ganz außergewöhnliche Ausstrahlung, die nicht zu beschreiben war. Sie fühlte sich sofort wohl bei Joe!

Für Joe begann innerhalb eines Jahres ein zweites Mal ein neues Leben! David zog bei ihr ein und sie war ganz unverhofft doch noch Mutter geworden! Und noch mal große Schwester! Eigentlich hatte man ja einige Monate Zeit sich auf die Mutterrolle vorzubereiten, aber eben nicht in Joes Fall. Aber ihre Mutter, die ja bereits fünf Kinder großgezogen hatte, stand ihr mit Rat und Tat zur Seite und da die beiden ja Nachbarn waren, sahen sie sich täglich! So wuchsen Sanny und Luna praktisch miteinander auf. Schon zwei Wochen, nachdem David zurückgekehrt war, wollten auch sie den Bund fürs Leben schließen und damit man nicht zwei Mal feierte, gaben sich auch Philippe und René das Ja-Wort!

Auch diesmal wurde es ein rauschendes Fest! Aber jetzt endete es nicht mit einer Geburt! An diesem Tag wurde gefeiert von Mittag bis zum Einbruch der Dunkelheit!

Man behielt diese Doppelhochzeit noch lange im Gedächtnis, da sie für längere Zeit eines der größeren Ereignisse war. Anfangs war es für David nicht leicht sich mit der neuen Lebenssituation abzufinden. Früher war er derjenige gewesen, der die Befehle erteilte, aber nun war es Joe, die ihm sagte, was zu tun war und wie man das machte! David hatte von Pferden keine Ahnung. Pferde gab es auf seinem Planeten nicht! Außerdem gab es dort ja für jeden Beruf Spezialisten, so auch in Tierhaltung. Er war von Kindesbeinen an dazu erzogen worden ein Raumschiff zu führen! Er war mit Tieren, bis auf die, die er auf seinem Schiff transportiert hatte, nie in Berührung gekommen und manchmal verfluchte er heimlich seine neue Tätigkeit. Für Joe war es einfach fantastisch, dass sie jetzt so viel Hilfe bekam.

Einige Tage nach ihrer Hochzeit war es bei ihrer Lipizzanerstute so weit.

Joe hatte schon am Morgen bemerkt, als sie die Tore zur Weide öffnete (die Pferde kamen aus Sicherheitsgründen nachts in den Stall. Schließlich kannte man noch nicht alle Raubtiere, die nachts durch die Gegend streiften), dass sie irgendwie nervös war! Joe ahnte schon, dass die Geburt bald stattfinden würde. Und so ging sie alle zwei Stunden nachschauen.

Die Stute blieb an diesen Tag im Stall, was für Joe ein weiteres Zeichen war, dass sich die Stute nicht wohl fühlte. Als sie gegen Mittag noch mal nach ihrer Stute sah, lag diese im Stroh und hatte offensichtlich Schmerzen. Das veranlasste Joe Sebastian, den Tierarzt, zu holen, denn ein Pferd legte sich auch bei der Geburt nicht hin.

Sanny war sowieso gerade bei ihrer neuen Freundin Kathi und David war mit anderen Männern beim Fischen. Also sattelte Joe schnell die Haflingerstute, die David mitgebracht hatte, und ritt los!

Sebastian hatte sich in der großen Blockhütte, die sie alle zu Anfang bewohnt hatten, eingerichtet! Hier hatte er genug Platz, um auch eventuell verletzte Tiere oder Tiere, die noch eine Betreuung brauchten, unterzubringen. Als Transportmittel diente ihm ein Fahrrad, das er von der Erde mitgebracht hatte. Man hatte ihm zwar schon ein Pferd oder einen Esel angeboten, aber er bevorzugte den Drahtesel!

Als Joe bei ihm ankam (er war Gott sei Dank zu Hause) und ihm von ihrer Stute berichtete, war er sofort in Alarmbereitschaft! Er packte schnell alles Nötige zusammen und folgte dann Joe auf ihren Hof. Dort angekommen fanden sie die Stute unverändert vor. Sebastian untersuchte sie kurz und stellte dann sofort fest, dass das Fohlen verkehrt lag. Nun hieß es schnell handeln, denn die Stute würde nicht mehr lange durchhalten und das würde den Tod von Joes geliebtem Pferd sowie den des Fohlens bedeuten. Er entschied sich kurz entschlossen für einen Kaiserschnitt! Als er das Fohlen lebendig geholt hatte, merkte er das, was er schon vermutet hatte.

Es handelte sich um ein Zwillingsfohlen. Auch das zweite Fohlen war schnell entbunden. Dieses war zwar am Leben, aber sehr schwach! Sebastian wusste nicht, ob das zweite Fohlen überleben würde. Nachdem er die Stute wieder zugenäht hatte und ihr ein kreislaufstabilisierendes Mittel gespritzt hatte, konnte er nichts weiter für sie und die Fohlen tun. Jetzt lag es an den Fohlen und der Stute, ob sie genug Überlebenswillen entwickelten. Eigentlich hätte das Fohlen jetzt die Biestmilch (die erste Milch nach der Geburt mit besonders viel Fett und Abwehrstoffen) gebraucht, aber die Stute war nach der schweren Geburt noch zu schwach, um aufzustehen und ihre Fohlen zu saugen.

Ca. zwei Stunden später kam David zurück. Aber er kam nicht mit Fischen wie erwartet, sondern hatte so viele Blumen in der Hand, wie er tragen konnte. Bevor ihn Joe noch fragen konnte, sagte er ihr, dass die Blumen für ihre Stute seien! Er habe eine Vision von der Wissenden gehabt und wisse Bescheid. Diese hatte ihm in seiner Vision mitgeteilt, wo er diese Blumen finden werde und dass sie eine heilende Wirkung haben. Sie können von Menschen als Tee genossen und von Tieren als Grünfutter verzehrt werden. Sie ist besonders zur Stärkung und Heilung geeignet! Die Blume sah einer Tulpe auf der Erde sehr ähnlich, jedoch war die Blüte doppelt so groß und in Regenbogenfarben gestreift. David erzählte ihr, dass diese hinter einem Wasserfall in einer Höhle wuchsen. Da Joe der Wissenden vertraute, gab sie ihrer Stute, die immer noch lag, die Blumen zu fressen.

Erst schien diese kein Interesse daran zu zeigen, aber dann beschloss sie sie doch zu fressen. Zuerst zaghaft, dann aber fraß sie mit Appetit und ließ nichts übrig.

Danach gingen David und Joe wieder aus dem Stall, um der jungen Familie Ruhe zu gönnen. Erst eine Stunde später sahen sie wieder nach ihnen.

Zu ihrer Überraschung stand die Stute bereits und ließ ihr Fohlen saugen. Das Kleine hatte noch nicht die Kraft alleine zu stehen, um die Zitzen der Mutter zu erreichen. Joe half ihm dabei aufzustehen und die Zitzen zu erreichen. Dann saugte auch dieses kräftig. Danach legte man es wieder vorsichtig ins Stroh. Das größere Fohlen stand schon sehr kräftig auf seinen Beinen. Sollte nicht unerwartet etwas sein, würde dieses sicher überleben. Das große war ein Stutfohlen und gefleckt wie sein Vater, der Pintohengst. Und genau so wollte ihn Joe nennen: Pinto!

Das zweite war ein Hengstfohlen und ganz braun. Das war ein Zeichen, das sie ihrer Mutter nachgeriet. Denn Lipizzaner waren als Fohlen immer braun und wurden erst mit drei bis vier Jahren weiß! Dieses wollte sie Lucky, das angeblich so viel wie Glückskind hieß, nennen.

Nun konnte Joe nichts mehr tun als abwarten. Sie würde in ungefähr zwei Stunden wieder nach dem Fohlen schauen. Erst wollte sie Sanny von Kathy holen! Diese freute sich zwar sichtlich, dass sie Joe sah, aber sie war so beschäftigt mit Venus zu spielen, dass es Joe nicht übers Herz brachte die beiden zu trennen. Also nutzte Joe die Zeit und ließ sich von Kathi die Haare schneiden. Während ihres Haarschnitts beobachtete sie die beiden Kinder bei ihrem Spiel und was sie sah, verwunderte sie schon etwas. Sie sah, dass Sanny ihre ersten Schritte machte. Das geschah so selbstverständlich, als ob sie immer schon gelaufen war. Wahrscheinlich merkte Sanny das nicht einmal, da sie so beschäftigt war mit ihrem Spiel.

Nach dem Haarschnitt musste sie die beiden trennen. Joe wollte Sanny heute noch baden. Dies war natürlich nicht so einfach wie auf der Erde, wo man nur den Wasserhahn aufdrehen musste. Hier mussten sie erst ihre Feuerstelle heizen und danach einen Topf Wasser heißmachen.

Phillipe, der gerne schnitzte und in handwerklichen Dingen sehr geschickt war, hatte für alle „Sechslinge" eine Badewanne geschnitzt!

Bevor Sanny in die Wanne gesteckt wurde, sah Joe noch mal nach ihren Pferden.

Es gab noch keine Veränderung. Das Kleine lag immer noch im Stroh, es hatte offensichtlich noch immer nicht die Kraft sich auf den Beinen zu halten. Noch einmal half sie dem Fohlen beim Trinken. In zwei Stunden würde die Sonne untergehen. Danach konnte sie nichts mehr für das Fohlen tun. Da es kein elektrisches Licht gab, konnte sie in der Nacht nicht einfach in den Stall und dem Fohlen beim Saugen helfen. Mit einer Kerze im Stall war es zu gefährlich wegen der Brandgefahr.

Schweren Herzens verließ sie die Pferdefamilie wieder. Die Stute und das größere Fohlen würden die Nacht mit ziemlicher Sicherheit überleben, aber ob das kleine Fohlen überlebte, war mehr als fraglich! Schließlich hatte sie jetzt auch eine eigene Familie, die auf sie wartete.

Als Joe in ihre Wohnung kam, hörte sie schon von Weitem Sanny lachen. David spielte gerade mit ihr, was ihr offensichtlich Freude bereitete! David war ein sehr liebevoller Vater. Er hatte bereits Wasser geholt und erhitzte es. Joe brauchte das erhitzte Wasser nur noch mit dem kalten mischen, dann ging es ab für Sanny ins Wasser.

Sanny war ein ausgesprochen braves Kind, es gab keine Proteste im Wasser, im Gegenteil, sie genoss das Planschen. Als Joe Sanny mit David sah, der es sich nicht nehmen ließ mit seiner Tochter auch Wasserspiele zu betreiben, fiel ihr auf, dass sich bei Sanny auf den Schulterblättern längliche Wülste gebildet hatten.

Joe machte sich gleich Sorgen! Auf der Erde bedeuteten Gewächse meist Krebs. Das dufte nicht sein. In der kurzen Zeit, die

Sanny bei ihr war, war sie zu 100%ig zu ihrem Kind geworden. Sie meinte, ein leibliches Kind könne sie nicht mehr lieben. Joe wollte sofort mit Sanny zu Simone, um sie untersuchen zu lassen. Nun kam mit der Sorge um ihre Pferde auch noch die Sorge um ihr Kind. Die letzte Zeit war ja auch zu schön gewesen.

David hielt sie jedoch davon ab sofort zu Simone zu gehen. Er meinte, Joe dürfe die Maßstäbe der Menschen nicht bei Sanny anwenden. Sie sei ein Kind einer anderen Rasse und es könne bei ihr durchaus normal sein. Sie solle erst ein paar Tage abwarten und das Ganze beobachten. Wahrscheinlich würde ihr Simone nichts anderes sagen.

Joe gab schweren Herzens nach. Vielleicht hatte David ja recht und sie war einfach nur überängstlich, schließlich war sie das erste Mal Mutter geworden. Aber sie würde Sanny in der nächsten Zeit besonders beobachten.

Nach dem Bad bekam Sanny einen Grießbrei vorgesetzt, der nach wie vor aus Stutenmilch gemacht wurde. Sanny vertrug diesen sehr gut.

Auch Joe und David aßen zu Abend. Als die beiden fertig waren, meinte David, er würde den Küchendienst übernehmen, damit sie noch einmal nach den Tieren sehen und die restlichen Pferde in den Stall bringen konnte.

Leider fand Joe das kleine Fohlen immer noch liegend vor! Ein letztes Mal noch half sie ihm zu den Zitzen der Mutter zu gelangen. Diesmal aber versuchte das Fohlen nach dem Aufrichten selbst stehen zu bleiben. Was schon ein gutes Zeichen war.

Leider schaffte Lucky das noch nicht. Nachdem das Fohlen sich wieder satt getrunken hatte, legte sie es wieder ins Stroh und holte die anderen Pferde herein.

Danach musste Joe die Nacht abwarten. Sollte es die Nacht überleben, so war diese so gut wie gerettet. Aber wenn Lucky es nicht schaffte sich in den nächsten Stunden aufzurichten und die Zitzen der Mutter zu erreichen, war es verloren. Aber es half alles nichts.

Diese Nacht war für Joe besonders lang! Sie fand kaum Schlaf, da sie sich ihre Gedanken nur im Kreis drehten! Da war zum einen die Sorge um Sanny, für die sie nun schon mit Leib und Seele

Mutter war! Zum anderen aber war da die Sorge um das Fohlen! Da Pferde eine Tragezeit von elf Erdenmonaten hatten, und sich deshalb nicht so schnell vermehrten, war jedes Tier koscher! Erst kurz vor dem Morgengrauen fiel Joe in einen leichten Schlaf! Aber der blieb nicht traumlos! Sie träumte von Sanny, die schon circa drei Jahre sein dürfte, und von ihrem Sohn, der wieder Kind zu sein schien! Die beiden liefen glücklich Hand in Hand über eine Wiese und lachten dabei!

Als Joe dann erwachte, erinnerte sie sich sofort an den Traum! Nun machte sie sich noch größere Sorgen um Sanny, denn der Traum hatte sie beunruhigt – sie hatte nun schreckliche Angst um Sanny! Angst, dass auch sie sterben könnte! Also sprang sie aus dem Bett und lief sofort ins angrenzende Zimmer, wo Sanny ihr Bettchen hatte! Sanny war bereits wach und saß in ihrem Bett und lächelte Joe an, als diese erblickte! Es war wieder dieses Lächeln, das einem das Herz aufgehen ließ!

Sie nahm Sanny heraus und herzte und küsste sie! Aber sie bemerkte auch, dass die Knubbel auf ihrem Rücken anscheinend noch mehr hervorgetreten waren. Sie beschloss sie gleich nach dem Frühstück zu Simone zu bringen, egal, was David dazu sagte! Sie hatte Angst um ihr Kind!

Sie kochte ihr ihren geliebten Grießbrei und fütterte sie! David war inzwischen auch schon aufgestanden und sagte, er werde inzwischen mal im Stall nach dem Rechten sehen und die Pferde auf die Koppel lassen!

Als David in den Stall kam und nach dem Fohlen sah, erlebte er eine sehr große Überraschung!

Nicht nur dass das kleinere und schwache Fohlen nun kräftiger schien und schon recht gut auf seinen stelzigen Beinen stand, es sahen ihn vier Fohlen neugierig an!

Die zweite Stute von Joe hatte auch ihr Fohlen in der Nacht bekommen. Zusammen mit dem Fohlen, das er zuletzt mitgebracht hatte, gab es nun vier. Das war ein großer Gewinn für Joes Pferdezucht! Als er die Pferde zur Weide rausgelassen hatte und gerade wieder in seine Wohnung gehen wollte, kam Meikel, der auch gerade sein Tagewerk beginnen und die Stute melken wollte! David berichtete ihm vom Zuwachs! Auch Meikel freute sich sehr darüber! Vor allem aber würde sich seine kleine Tochter darüber freuen, denn Joe hatte ihr versprochen, dass sie sich ein Fohlen aussuchen dürfe!

Als David nach einiger Verzögerung, da er sich noch mit Meikel unterhalten hatte, in die Wohnung zurückkam, wunderte er sich sehr, dass er Joe nicht antraf! Sie hatte ihm nichts gesagt, dass sie vorhatte etwas zu unternehmen! Auch Sanny hatte sie mitgenommen! Offensichtlich hatte sie es eilig gehabt, denn sie hatte das schmutzige Geschirr einfach stehen lassen, nachdem sie Sanny gefüttert hatte! Das was gar nicht Joes Art! Nun wurde er schon etwas besorgt! Ob etwas mit Sanny nicht in Ordnung war? Aber hätte sie ihm dann nicht etwas gesagt? Da fiel ihm das Gespräch von gestern ein über die komischen Knubbel, die sich auf Sannys Rücken gebildet hatten! Wahrscheinlich war sie deswegen noch immer so beunruhigt, dass sie mit Sanny zur Ärztin ging, um sie untersuchen zu lassen! Er fand zwar immer noch, dass Joe dabei übertrieb mit ihrer Sorge, aber andererseits zeigte es, dass Joe Sanny wirklich wie ihr leibliches Kind liebte! Denn wie sonst war es zu erklären, dass sie nicht mal abwartete, was er aus dem Stall zu berichten hatte? Sie, der die Pferde bekanntlich über alles gingen! Aber nur scheinbar, denn nun zeigte sich, dass Sanny über ihren geliebten Pferden stand!

David hatte mit seiner Vermutung recht und Joe war zu Simone gegangen, um Sanny untersuchen zu lassen! Aber er hatte auch recht in der Annahme, dass Simone nichts feststellen konnte und so zu dem Ergebnis kam, dass bis auf die Gewächse auf dem Rücken offenbar alles in Ordnung war! Denn soweit Simone feststellen konnte, war Sanny im besten körperlichen Zustand und für ein Kind im Vergleich mit einem Menschenkind außerordentlich gut entwickelt!

Simone meinte nur, dass sie Sanny nun täglich sehen wollte, um die weitere Entwicklung zu verfolgen! Das beruhigte aber Joe nicht gerade! Sie machte sich immer noch Sorgen um ihr Kind! Aber ihr blieb ihr nichts anderes übrig, als zu warten! David hatte recht behalten mit der Vermutung, dass es vielleicht daran lag, dass Sanny einer anderen Rasse angehörte und die körperlichen Veränderungen daran lagen! Also versuchte sie sich selbst zu beruhigen und ging nach Hause zurück, um zu sehen, was es Neues gab im Stall!

David wartete schon ungeduldig auf Joe! Er war zwar nicht so beunruhigt über Samys Zustand wie Joe, aber auch er wollte wissen, was Simone gesagt hatte!

Doch leise Vorwürfe konnte er Joe nicht ersparen! Schließlich war auch er für Sanny verantwortlich und hatte das Recht zu erfahren, wenn Joe mit Sanny zum Arzt ging! Er hätte sie ja begleitet!

Joe erklärte ihm, dass die Sorge um Sanny zu groß war und sie Angst hatte, dass er es für übertrieben hielt, wenn sie mit Sanny zu Simone ging! Das wiederum machte David sehr traurig, denn schließlich zeigte es ihm, dass Joe ihm nicht 100%ig vertraute! Er würde also immer der Außerirdische in ihren Augen bleiben und sie ihn nicht immer in alles einweihen! Joe bemerkte den traurigen Blick von David und entschuldigte sich bei ihm für ihr Verhalten: David verstand ja die Sorge um Sanny, aber nicht, dass Joe ihm nicht alles anvertraute! Joe meinte, sie wolle sich in Zukunft bessern, aber es werde immer wieder Kleinigkeiten geben, die sie ihm verschwieg! Das hatte aber nichts damit zu tun, dass er von einer anderen Rasse als sie sei, aber gewisse Kleinigkeiten behielten Frau lieber für sich! Männer ebenso! Aber bei allem Wichtigen würde sie sicher nicht schweigen!

Aber jetzt wollte sie endlich wissen, was mit dem Fohlen war, ob es die Nacht überlebt hatte!

David schmunzelte!

Das war seine Joe, wie er sie kannte und liebte!

„Tja", meinte David, um die Spannung zu erhöhen und Joe auf die Folter zu spannen! „Ich verrate nichts, am besten du siehst selber mal nach!"

Joe wusste, dass es nur gute Neuigkeiten sein konnten, denn den Anblick eines toten Fohlens hätte er ihr sicher erspart! Sie ging gleich mit Sanny im Arm in den Stall! Sanny liebte es die Pferde zu sehen! Und die Fohlen würden sie sicher faszinieren!

Auch David schloss sich den beiden an, denn schließlich wollte er die freudenstrahlenden Augen Joes nicht verpassen!

Als Joe sah, dass drei Fohlen im Stroh lagen, ließ sie einen leisen Freudenschrei aus! Welche Überraschung! Auch das letzte Fohlen war geboren und schien gesund und kräftig zu sein und Lucky war wirklich ein Glückskind. Er hatte die Nacht überlebt! Er lag zwar im Stroh, aber er sah sie mit wachen Augen an! Wie gut, dass sich die Haflingerstute melken ließ und ihr Fohlen nicht mehr so viel Milch brauchte, da es ja schon teilweise feste Nahrung zu sich nahm.

Joe bat David noch was von den Blumen zu holen, die er gestern gebracht hatte! David meinte, dass er dies ohnehin schon vorgehabt hätte! Da Meikel schon die Stute gemolken und den Stall gesäubert hatte, konnte sich David gleich auf dem Weg machen.

Er nahm sich eine Putte (Korb für den Rücken) und machte sich auf den Weg, um möglichst viele zu sammeln. Denn die Weise hatte wieder mal recht behalten – die Blumen hatten heilende Kräfte! Bevor er sich aber auf den Weg machte, ging er noch zu Leopoldine und erzählte ihr von der Vision und deren Wirkung auf die Fohlen.

Diese erwiderte, dass auch sie schon von dieser Pflanze erfahren hatte, und war gerne bereit David zu begleiten und auch einige Pflanzen zu sammeln, um diese zu trocknen und sie dann als Medizin in Form von Tee zu verabreichen. Ein Tee, der heilende und kräftigende Wirkung besaß, war eine fantastische Medizin und das würde sie auch Simone sagen, aber natürlich erst im Selbstversuch testen! Obwohl sie das hier wirklich nicht nötig hatte! Denn so gut wie auf diesem Planeten ging es ihr auf der Erde nicht! Ihr Rheuma, das sie oft geplagt hatte, war so gut wie verschwunden und Atemnot hatte sie nicht einmal mehr verspürt, seit sie hier lebte! Ja, sie fühlte sich wieder wie eine 40-Jährige! Und sah aus, als sei sie nicht älter als 60. Dabei hatte sie die 80 bereits überschritten! Aber das Leben hier im Eingang der Natur war für alle Menschen wie ein Lebenselixier.

Während David unterwegs war, brachte Joe Sanny in den Kindertagen!

Sanny ging offensichtlich gerne dorthin, denn sobald Joe das Gebäude betrat, wurde sie unruhig und wollte nicht mehr von Joe getragen werden, sondern auf den Boden gesetzt werden, sodass sie zu den anderen Kindern krabbeln konnte! Bei dieser Gelegenheit redete Joe mit ihrer Mutter und teilte ihr ihre Sorgen um Sanny mit!

Diese erzählte ihr, dass auch Luna solche Knubbel hatte und auch Storm! Also war es wahrscheinlich nicht krankhaft, sondern nur ein weiteres Merkmal dieser Rasse!

Und Joe brauche sich deshalb keine Sorgen machen! Aber es ehre sie sehr, dass sie schon so in ihrer Mutterrolle aufgegangen war.

Eine Woche verging auf dem Planeten ohne besondere Ereignisse.

Wie üblich war Joe an diesem Tag wieder mal die Erste auf den Beinen und sah nach Sanny. Dieses Mal schien Sanny aber nicht so glücklich zu sein! Sie hatte etwas verheulte Augen, und als Joe sie aus dem Bettchen hob, bemerkte sie, dass ihr wahrscheinlich der Schlafanzug zu schaffen machte, da er um ihren Rücken sehr spannte! Die Knubbel schienen wieder gewachsen zu sein: Also entkleidete sie Sanny. Da erlebte sie eine riesige Überraschung. Aus den Knubbeln waren Flügel geworden! Sanny hatte Flügel bekommen!! David rief sie sofort! „David, das musst du dir anschauen!"

Sanny lächelte nun wieder. Es war offensichtlich der Schlafanzug, der ihr Schwierigkeiten bereitet hatte. Jetzt, da sie fast nackt war, war der Schmerz weg und sie konnte wieder lächeln.

David, der noch geschlafen hatte und durch Joes Rufen erwacht war, glaubte nicht, was geschehen war, und sprang förmlich aus dem Bett und folgte Joes Rufen in Sanny Zimmer:

„Was ist passiert?", fragte David?

„Schau es die einfach selber an und sag mir, ob ich nicht träume?"

David sah Sanny an und staunte nicht schlecht! Sanny hatte Flügel bekommen! Er hatte schon mit vielen Rassen Kontakt gehabt auf der Suche nach einem geeignetsten Planeten, aber geflügelte Menschen hatte selbst er noch nicht gesehen! Mit einem

Schmunzeln meinte er zu Sanny, dass sie ja besonders schnell flügge würde: Als hätte Sanny es verstanden, grinste sie David an und streckte beide Hände nach ihm aus!

Dann kam etwas, was er gar nicht glauben konnte! Sanny sagte *Paaapaaa*! Hatte sie gerade *Papa* gesagt! Joe hatte immer gehofft, dass sie als Erstes Mama sagen würde, aber andererseits wusste sie, dass Sanny ein besonderes Verhältnis zu David hatte! Außerdem war sie froh, dass es Sanny offensichtlich gut ging und es sich nicht um eine Krankheit handelte, sondern dass es sich wirklich nur um ein weiteres Merkmal ihrer Rasse handelte! Flügel! Joe konnte es nicht fassen!

Erst drei Monate später gab es wieder einen Grund zu feiern! Man feierte das einjährige Jubiläum auf diesem Planeten! Im Jahr eins nach dem Two Sun Kalender!

Auch das wurde ein rauchendes Fest!

Sanny und die anderen Sechslinge machten schon ihre ersten Schritte! Sie waren ja ein Jahr alt, genau wusste es natürlich keiner, aber in ihrer Entwicklung waren sie mit einem einjährigen Kind der Menschen zu vergleichen.

Diesen Tag feierte man auch aus Dankbarkeit, dass man hier immer eine reiche Ernte hatte und es keinen Todesfall gegeben hatte, seit sie sich hier angesiedelt hatten. Auch war man dankbar für das, was die Natur den Menschen schenkte, sei es Fleisch oder Früchte!

Wie gesegnet die Menschen auf diesen Planeten waren, sollte sich noch an diesem Tag herausstellen.

Eigentlich glaubte man von Davids Volk nie wieder etwas zu hören, obwohl man sie in guter Erinnerung behalten hatte. Aber die Einjahrfeier war noch nicht zu Ende, als wieder ein Raumschiff landete.

Es war Davits ehemaliges Schiff und diesmal war Xannatos der Kapitän. Als er ausstieg, ahnte Joe schon, dass das kein Freundschaftsbesuch wurde! Nach kurzer Begrüßung berichtete Xannatos David, dass es auf ihrem Planeten zu einer Naturkatastrophe gekommen war, ein großer Vulkan war ausgebrochen und hatte

Asche und Staub in die Atmosphäre geschleudert, sodass diese unter einer dunklen Wolke starb!

Der Planet würde für Jahre nicht bewohnbar sein. Es passte gut, dass alle Menschen gerade versammelt waren, so konnte die Jahresfeier in eine Krisensitzung umfunktioniert werden. Die Menschen waren Davids Volk gegenüber dankbar und man bot ihnen an sich hier gemeinsam mit ihnen anzusiedeln.

Dies jedoch lehnten diese ab, denn sie fürchteten eine weitere Vermischung der Völker!

Aber damit, dass man einen noch unbewohnten Kontinent bevölkerte, war man einverstanden.

Um ihre „Zelte" in ihrer neuen Heimat aufzuschlagen, wurde jede Hand gebraucht! Auch um eine neue Siedlung zu errichten. Aber die Hilfe der Menschen wollten sie nicht! Jedoch wurden David und Artemis gebeten zu helfen! Schließlich gehörten sie nach wie vor zu ihrem Volk und vielleicht, so dachte man, könnte man sie nach einiger Zeit der Not wieder zurückgewinnen. Die beiden berieten sich mit ihren Frauen und keine der beiden wollte den beiden im Wege stehen. Schließlich ging es um ihr Volk! Jedoch ließen die beiden ihre Männer ungerne ziehen. Denn man wusste nicht, ob oder wann man die beiden wiedersehen würde!

Ende

Die Autorin

Barbara Piebel wurde 1975 in Hartberg (Österreich) geboren. Schon als Kind liebte sie es zu lesen, Aufsätze zu schreiben und in die Fantasiewelt der Science Fiction einzutauchen.
1991 begann sie eine Lehre als Floristin und machte 1994 ihren Abschluss. 1999 lernte sie ihren Freund Wolfgang kennen, im Jahr 2001 folgte die Hochzeit. Das Paar lebt nun in Ehrenschachen. Zurzeit arbeitet die Autorin von „Two Suns" schon wieder an ihrem nächsten Buch. Neben dem Schreiben liest sie in ihrer Freizeit gerne und widmet sich der Gartenarbeit.

Der Verlag

novum VERLAG FÜR NEUAUTOREN

> *Wer aufhört*
> *besser zu werden,*
> *hat aufgehört*
> *gut zu sein!*

Basierend auf diesem Motto ist es dem novum Verlag ein Anliegen neue Manuskripte aufzuspüren, zu veröffentlichen und deren Autoren langfristig zu fördern. Mittlerweile gilt der 1997 gegründete und mehrfach prämierte Verlag als Spezialist für Neuautoren in Deutschland, Österreich und der Schweiz.

Für jedes neue Manuskript wird innerhalb weniger Wochen eine kostenfreie, unverbindliche Lektorats-Prüfung erstellt.

Weitere Informationen zum Verlag und seinen Büchern finden Sie im Internet unter:

www.novumverlag.com

novum VERLAG FÜR NEUAUTOREN

Bewerten Sie dieses Buch auf unserer Homepage!

www.novumverlag.com